引领成长的必读故事丛书

本书编写组 ◎ 编

ZHONGSHENG
SHOUYI
DE GUXUN
GUSHI

终生受益的古训故事

世界图书出版公司
广州·北京·上海·西安

图书在版编目（CIP）数据

终生受益的古训故事／《终生受益的古训故事》编写组编．—广州：广东世界图书出版公司，2010.8（2024.2重印）
ISBN 978-7-5100-2536-5

Ⅰ.①终… Ⅱ.①终… Ⅲ.①故事–作品集–中国 Ⅳ.①I247.8

中国版本图书馆 CIP 数据核字（2010）第 151746 号

书　　名	终生受益的古训故事 ZHONG SHENG SHOU YI DE GU XUN GU SHI
编　　者	《终生受益的古训故事》编写组
责任编辑	张梦婕
装帧设计	三棵树设计工作组
出版发行	世界图书出版有限公司　世界图书出版广东有限公司
地　　址	广州市海珠区新港西路大江冲 25 号
邮　　编	510300
电　　话	020-84452179
网　　址	http://www.gdst.com.cn
邮　　箱	wpc_gdst@163.com
经　　销	新华书店
印　　刷	唐山富达印务有限公司
开　　本	787mm×1092mm　1/16
印　　张	13
字　　数	160 千字
版　　次	2010 年 8 月第 1 版　2024 年 2 月第 9 次印刷
国际书号	ISBN 978-7-5100-2536-5
定　　价	59.80 元

版权所有　翻印必究

（如有印装错误，请与出版社联系）

前 言

随着科技的发展、社会的进步，21世纪已经全面进入科技时代、信息时代。在新的社会环境下，各种思潮在发生变化，古今文化之间的碰撞也越来越多。但是无论社会怎样发展，对于世代相传的、历史悠久的、博大精深的、民族特有的中国传统文化应持有崇敬的态度。

在众多文化中，毫无疑问，古训故事是优秀的传统文化的有效载体之一，是中国传统文化的一颗闪亮的明珠。说到古训故事，首先我们要弄懂什么是古训。古训是指古代流传下来的、可以作为准则的话。它是人们在长期生活中的经验总结，对人们的行为能起到一定的规范作用。而古训故事就是指蕴涵这些古训的故事，它能够启迪人们的思想，指导人们的行为。

本书在众多古训中精心挑选出关于爱国为公、勤奋励志、诚实守信各五句组成"学古训"板块，紧接着是与列举古训相关的"看故事"，故事中大多数是值得青少年学习的正面故事，只有极少数是反面故事。

★ 爱国为公故事：从不同的角度讲述了古代、近代人物可歌可泣的爱国为公故事，歌颂他们高尚的情操。通过这些故事，可以激励青少年的爱国热情，让他们以英雄人物为榜样，热爱祖国、热爱人民，立下建设祖国、保卫祖国、为人民服务的宏伟志向。

★ 勤奋励志故事：讲述了许多优秀人物的勤奋励志故事，歌颂他们勤俭自强、艰苦创业的精神。阅读这些故事，可以促使青少年规范自己的日常行为，让他们以优秀人物为偶像，树立远大的理想，发扬艰苦奋斗、自强不息的中华民族传统美德。

★ 诚实守信故事：诚信，是生活的试金石，是个人、集体立足于社会的根本，是人与人之间交往的首要条件。阅读这些故事，可以让青少年明白诚实守信的重要性，促使他们在学习、生活，甚至是以后的工作中以诚信要求自己，立志做一个诚实守信的人。

本书寓生活知识、行为规范、处世准则于情节之中，知识性、思想性强。学习古训、阅读故事，可以开阔视野、陶冶情操、净化灵魂、优化品格，促进智商与情商的全面提升，促使青少年树立正确的价值观、世界观、人生观，做一个爱国为公、勤奋励志、诚实守信的人。

让我们共同走进这本《终身受益的古训故事》吧！

编 者

目 录

一、爱国为公故事

十六岁智勇退敌 …………… 3
周子与国休戚与共 ………… 4
苏轼为民谋利 ……………… 5
石碏大义灭亲 ……………… 7
夏完淳怒斥叛徒洪承畴 …… 8
鞠躬尽瘁，死而后已 ……… 10
袁崇焕誓死抗后金 ………… 11
冼夫人巾帼不让须眉 ……… 12
郑成功收复台湾 …………… 14
大禹治水 …………………… 15
萧何忠心为国 ……………… 17
石奢以身殉法 ……………… 19
包拯执法铁面无私 ………… 20
超越外国人 ………………… 21
苏琼勤政爱民 ……………… 23

文天祥宁死不降 …………… 24
颜杲卿誓死不降 …………… 25
神农种谷尝百草 …………… 27
左宗棠收复新疆 …………… 28
岳飞尽忠报国 ……………… 30
狼牙山五壮士 ……………… 31
义烈宦官寇连材 …………… 33
生的伟大，死的光荣 ……… 35
英勇无畏 …………………… 36
"我是中国人" ……………… 38
为中华之崛起而读书 ……… 40
屈原为国投江 ……………… 41
魏征劝谏 …………………… 46
爱国从小做起 ……………… 50
虎门销烟 …………………… 55

戚继光抗倭	56	国家尊严高于一切	65
海瑞刚正不阿	58	秦桧卖国求荣	67
徐悲鸿励志为国	61	贾似道祸国殃民	68
荆轲刺秦王	62	多行不义必自毙	70
班超和盟	64		

二、勤奋励志故事

大教授也会犯错误	75	米芾练字	96
熊渠子刻苦练箭	76	"过目成诵"的秘密	98
列御寇守贫保身	77	勤学的宋濂	100
悬梁刺股苦读书	78	司马光的警枕	101
朱买臣坚持不懈	80	王羲之吃墨	103
水滴石穿	81	车胤囊萤照读	105
司马迁忍辱著《史记》	83	凿壁偷光	106
董遇寒夜苦读书	84	孔子学琴	108
崔鸿对月苦读	85	范仲淹断齑划粥	110
铁杵磨成绣花针	86	李密牛角挂书	115
黄霸狱中学《尚书》	88	欧阳修炼字	115
梅花香自苦寒来	89	佛堂夜读	119
西行取经的玄奘	91	郑板桥刻苦求学	121
程门立雪	92	苦孩子求学记	122
左思发愤创作《三都赋》	93	手抄《资治通鉴》	125
卧薪尝胆	94	闻鸡起舞	127

呕心沥血谱华章 …… 128
勤学好问的列宁 …… 129
努力自学的伽利略 …… 131
小结巴想做演讲家 …… 133
海伦·凯勒 …… 134

"我的知识都是捡来的" … 138
刘禅贪图安逸 …… 140
陈后主淫乐亡国 …… 141
元顺帝玩乐丧国 …… 142

三、诚实守信故事

曾子杀猪 …… 146
扁鹊说病 …… 147
敢作敢当 …… 149
"齐邦三杰"恪守信义 … 151
季布一诺千金 …… 152
高允诚实不欺 …… 153
刘秀以诚服人 …… 155
永远做一个诚实的人 … 156
宋庆龄不失信于孩子 … 157
彭德怀饿死不撒谎 …… 158
商鞅徙木立信 …… 160
赵氏孤儿 …… 161
诚信为大道 …… 163
以信合诸侯 …… 164
吴起重承诺 …… 164
赵括之母不护儿短 …… 165

季札挂剑 …… 166
平原君示信 …… 168
韩信重信义 …… 169
嫁一个信守诺言的人 … 170
朱晖重托 …… 172
羊祜诚信 …… 174
苻坚言而有信 …… 175
黄裳还珠 …… 176
唐太宗重信史 …… 178
裴度还包袱 …… 179
梁颢抄书 …… 180
鲁宗道说实话 …… 181
陈尧咨卖马 …… 181
晏殊要求另出考题 …… 183
宋濂重诺 …… 184
"我是鞋匠的儿子" …… 185

捧着空花盆的孩子 ………… 186
守信用的印刷工 …………… 188
司各特诚实守信 …………… 190
不诚实和失业一样可怕 …… 192
最珍贵的第六课 …………… 194
诚实，比一千棵樱桃树更
　珍贵 …………………… 196
庞涓背信弃义 ……………… 197
吕布无信被诛 ……………… 198
周幽王失信亡国 …………… 199

一、爱国为公故事

爱国，即热爱自己的祖国；为公，即为民着想，以集体利益为重。它们是中华民族的传统美德，也是每个公民应尽的义务。无论在什么情况下，我们都应该坚持热爱祖国、热爱人民、为人民服务的使命。

学古训

大道之行也，天下为公。

出自《礼记·礼运》。实行正道是让天下成为所有人的天下。常用来指人人都应该作出自己的贡献，奉献社会。

苟利国家，不求富贵。

出自《礼记·儒行》。如果对国家有利，不求个人的富贵。原文是指给国家推荐人才不期望对方的报答，不因此企求富贵。这句话可以用来泛指国家的利益比个人的利益。只要对国家有利，就不要计较个人的得失。

乐以天下，忧以天下。

出自《孟子·梁惠王下》。以天下人的快乐为自己的快乐，以天下人的忧愁为自己的忧愁。用来指要与天下人同乐同忧，以天下人为先；体现了把天下百姓的幸福和痛苦看得比自身甘苦更重要的思想境界。

鞠躬尽瘁，死而后已。

出自三国蜀·诸葛亮《后出师表》。（诸葛亮）小心谨慎，竭尽全力，一直到死为止。用来形容为国家和事业的无私奉献精神。

人生自古谁无死，留取丹心照汗青。

出自宋·文天祥《过零丁洋》。丹心：忠心。汗青：史册。自古以来人难免要一死，但是要留下赤胆忠心照耀史册。用来激励人们勇敢地为自己的理想和高尚的事业献出生命。

◆ 看 故 事

十六岁智勇退敌

唐太宗李世民从小就勇敢果断、办事机敏。他的父亲李渊很早就注意到他的性格，因此想栽培他成才，给他取名为世民就是济世安民的意思。他总是很有主见，能计划自己的事情。

公元615年，隋炀帝被突厥始毕可汗率兵围困在雁门（今山西代县），朝廷命令各地募兵救援。年仅16岁的李世民想为国出力，就同父亲商量要去应征军官，在征得父亲的同意后他骑马独自来到勤王的大营。但当他说出自己只有16岁后，招募的军官都不让他参加考试。大家都认为他太小，根本不能带兵打仗。李世民也不着急，只是要求军官能让他当场表演一下自己的武艺。

只见李世民稳稳地端坐在马上向百步之外的箭靶连发三箭，士兵走近一看，竟然都射中靶心。这下大家不敢小瞧他了，主考官将他招来考问他兵书、带兵方法等，他也都对答如流。主考官不禁问他："你当真只有16岁吗？"因为在大家眼里，这个孩子如此魁梧精干而又成熟，真是太不容易了。最终李世民顺利入伍了。

李世民应募入伍后，隶属屯卫将军云定兴部下。他们把守的城池军队人数很少，物资缺乏，但突厥的大量军队已经在附近了。一天，士兵慌张地报告，突厥的军队最多一两天就会来到这里。云定兴将军听了报告后非常担心，火速把大家招来商量对策。

所有的人都一筹莫展，甚至有人主张放弃城池赶紧逃走。李世民从角落站起来对云将军说："我们不妨用一下疑兵之计。"他见大家都不明白他的意思，就进一步解释说："突厥人胆敢领兵围困天子，一定是估计我们的情况不利，认为我们仓促应战，无法增援解围。我们可以反其道而行之。在白天的时候在附近几十里的山上遍设旌旗，在夜里则擂鼓呐喊，四处相应。敌人来了，看到这样强大的阵势，必定会以为大量救兵已到，就会望风而逃。如果不这样做的话，现在敌众我寡，万一敌军全部的军队都来袭击我们，我们就难以支撑了。"大家听了他的建议后议论纷纷。云定兴将军说："这样做的话的确需要勇气才行！"但暂时也没有更好的计策，只好依照李世民的方法行事。

第二天，城内外都布置好了，突厥人来袭，果然中计，以为隋朝的大批部队已经赶到，匆忙逃跑了。城池的危机解除了，大家都夸李世民果断勇敢，为保卫国家毫不退步。从此李世民开始崭露头角，显示出卓越的军事才能和领导才能。

周子与国休戚与共

春秋时期，晋襄公的曾孙周子（后成为晋悼公）在年轻时受族人的排挤，不能留在本国，便客居在周国的洛阳。周国大夫单襄公将他请到自己家里，始终像对待贵宾那样厚待他。

周子年纪虽小，对晋国的时局却非常关心，每当听到晋国发生了什么不幸的事，他就闷闷不乐；而发生了什么可喜的事，他就非常高兴，甚至喜极而泣。

除了关心晋国的时局，周子平时还十分注意自己的言谈举止和为人处世。行为举止非常得体：站立时，他总是稳稳当当，站姿规

整；看书时，他总是全神贯注，目不斜视；听人讲话，他总是恭恭敬敬，很有礼貌；说话时，他总是言语平和，忠孝仁爱；待人接物，他也表现得非常友好。

周子恰当自如的言谈举止很受单襄公的赞赏，尤其是他忧国忧民的情怀更让单襄公深感钦佩，以至于单襄公在弥留之际，还把儿子单顷公叫到床前，再三地嘱咐说："我走了以后，你一定要好好对待周子，他是一个有抱负的青年，将来一定能有所作为。他身在异国，却时时不忘自己的国家，为国家的前途和命运担心忧虑，这种与自己的国家休戚与共的人现在已经很少了。正因为如此，他将来很可能会回国继承王位。你都看见了，最近几代晋国国君的道德修养都很差，在位的晋厉公更是糟糕，公族中又很少有优秀的后代，唯一合适的继承人就是这位被排挤的周子。你要帮助他渡过难关，直到他有机会回去继任晋国的君主，这样，我死后就无遗憾了。"

单襄公死后，单顷公按照父亲的遗愿，精心地照顾和保护周子，各方面都给予他非同一般的礼遇。周子对此十分满意，也非常感激。

没有多久，晋国就发生了内乱。上卿栾书因不满晋厉公的暴政举兵发动政变，杀死了晋厉公，随后便派人到周国把周子接回了晋国，并拥立他为国君。

苏轼为民谋利

一代文豪苏轼，字子瞻，号东坡居士，北宋眉州（今四川眉山市）人。他在中国文学史上的地位为人所熟知，同时，他又是一个关心民生疾苦、时刻不忘百姓的好官。

熙宁十年（公元1077年），苏轼就任徐州知州不久，徐州遭遇

了百年不遇的洪水，黄河在澶州曹村决口，汹涌不可阻遏，已经淹没了 45 个县，冲毁了 30 万顷田地，洪水逼近徐州城。苏轼动员全城军民，包括直属中央的禁军，参加到抗洪的斗争中去。这时，暴雨连天，河水猛涨，苏轼就昼夜住在城上，一面督促修城筑堤，一面派人划船援救城外百姓。军民看到知州不辞辛劳，身先士卒，斗志大增。苏轼采纳能人的建议，疏堵结合，终于战胜了洪水。事后他又上报朝廷，加固徐州城池，防患于未然，受到了朝廷的表彰和百姓的爱戴。

在杭州就任知州后，苏轼筹集多方力量，兴修水利，引水灌田千余顷；开挖水井，使当地人喝上了甘甜的泉水；疏浚西湖，使它不会干涸淤塞，重现碧波千顷的美景。在疏浚西湖的过程中，他因势就便，利用淤泥在湖中筑就了一条大堤，不仅解决了淤泥的堆放问题，还使交通更为方便。大堤上种上柳树，堤中有桥，成为西湖著名景观之一。后人为了纪念苏轼，便将此堤命名为"苏堤"。

苏轼无论到何处为官，都非常关心老百姓的生产和生活。绍圣元年（公元 1094 年），苏轼被贬至广东惠州。次年，惠州粮食丰收，米价大跌，官府收税要钱不要米，农民要贱卖往年粮食的两倍才能凑足税款。苏轼得知后，就给地方官写了封信，指出这无异于敲诈农民，并建议准许"任从民便，纳钱纳米"。这一问题不久便得到了解决，使惠州及周边 10 多个州的农民受益匪浅。

苏轼一生仕途坎坷，颠沛流离，但他为官一地、造福一方的"官声"，却与其不朽的"文名"一道流传青史。

石碏大义灭亲

春秋时期，卫国大夫石碏有个儿子名叫石厚。石厚经常与卫庄公宠妾生的儿子州吁在一起习武、玩耍，两人关系非常亲密。石碏再三告诫儿子不要和州吁在一起玩，这样玩下去早晚会惹出事端。但石厚固执己见，对父亲的话根本听不进去，全当作了耳边风。

后来，卫庄公因病去世，由卫桓公继任王位。卫桓公继位没有多久，石碏因年纪太大，便告老还乡养老去了，再也不问国家政事。

几年后，在石厚的唆使下，州吁同意合谋篡位，毒死了卫桓公，自己坐上了王位。他们的做法遭到了文武百官和老百姓的反对和斥责，州吁为此事惶恐不安，不知如何是好。这时，石厚又出了一个主意，说："我父亲石碏在朝廷内外威望很高，很受文武百官的敬重，如能请他出来辅政，谁也不敢非议了。"

州吁听了石厚的话非常赞同，便拿出一对白璧，派石厚带去赠送给石碏以请石碏到朝里辅佐朝事。石厚见到父亲后，说明了情况。石碏推说年老多病，不愿回朝。石厚只得失望而归。

不久，州吁又命石厚来向石碏请教如何巩固王位，石碏说："诸侯继位，必须得到周天子的同意。周天子同意了，众人也就会绝对服从。"

石厚担心周天子不同意，要石碏帮助向周天子说情。石碏说："陈国的桓公与周天子关系很好，只有他才能说情，我与桓公也有点交情，你可陪新君到陈国去，请陈桓公在周天子那里说情，然后再去拜见周天子，这样就可能得到批准。"

州吁听石厚说明一切后，觉得是个好主意，就带上厚礼去陈国拜访桓公。与此同时，石碏也给陈国大夫子鍼写了一封密信，要他为卫国臣民除害，斩了州吁和石厚。州吁和石厚到陈国之前，子鍼已收到石碏的密信。经陈桓公同意，等到两人到陈国，子鍼就派人把他俩带到太庙。来到太庙，子鍼忽然大声喝道："周天子有令：捉拿弑君乱国之贼！"两旁的武士一拥而上，将州吁和石厚捆绑了起来。

陈桓公想马上将两人斩首，但子鍼认为石厚是石碏的儿子，杀他不太妥当，还是让卫国来处理这件事。石碏获知情况后，果断地说："州吁和石厚犯的都是死罪，并且州吁的罪过是石厚怂恿而成的。我不能因为私情而忘了大义。"随后，石碏派家臣前往陈国执法。

家臣到了陈国后，先斩了州吁，接着就杀了石厚。

夏完淳怒斥叛徒洪承畴

弘光政权瓦解以后，东南沿海一带的抗清力量继续战斗。1645年1月，明朝官员黄道周、郑芝龙在福州另立明朝宗室，并拥护唐王朱聿键即位，历史上称为隆武帝。另一部分官员张国维、张煌言在绍兴拥戴鲁王朱以海监国。这样就同时出现了两个南明政权的局面。

为了对付抗清力量，朝廷派了在松山战役中投降的洪承畴总督军事，招抚江南。

这时候，在松江（在今上海市）有一批读书人也在酝酿抗清活动，领头的是夏允彝和陈子龙。夏允彝有个才15岁的儿子叫夏完淳，他又是陈子龙的学生。夏完淳自小就读了不少书籍，能诗善文，

在父亲、老师影响下，也参加了抗清斗争。

夏允彝有个学生吴志葵，是吴淞总兵，手上还有一些兵力。他们说服吴志葵一起抗清。吴志葵答应了，并派出一支人马担任先锋队攻打苏州。一开始打得挺顺利，先锋队攻进了苏州城，但是吴志葵临阵犹豫，没有及时增援，结果进城的义军被围牺牲，吴志葵的主力在城外也被击败。

不久，清军围攻松江，夏允彝父子和陈子龙冲出清兵包围，到乡下隐藏起来。清兵到处搜捕，还想引诱夏允彝出来自首。夏允彝不愿落在清兵手里，投河自杀了。他留下遗嘱，要夏完淳继承他的抗清遗志。

清兵抓到夏完淳后对他进行审讯，而主持审讯的正是招抚江南的洪承畴。洪承畴知道夏完淳是江南出名的"神童"，想用软化的手段使夏完淳屈服。他问夏完淳说："听说你给鲁王写过奏章，有这事吗？"

夏完淳昂着头回答："正是我的手笔。"

洪承畴装出一副温和的神气说："我看你小小年纪，未必会起兵造反，想必是受人指使。只要你肯回头归顺大清，我给你官做。"

夏完淳假装不知道上面坐的是洪承畴，厉声说："我听说我朝有个洪亨九（洪承畴的号）先生，是个豪杰人物，当年松山一战，他以身殉国，震惊中外。我钦佩他的忠烈。我年纪虽然小，但是杀身报国，怎能落在他的后面呢？"

这番话把洪承畴说得满头是汗。旁边的士兵以为夏完淳真的不认识洪承畴，提醒他说："别胡说，上面坐的就是洪大人。"

夏完淳"呸"了一声，说："洪先生为国牺牲，天下人谁不知道。崇祯帝曾经亲自设祭，满朝官员为他痛哭哀悼。你们这些叛徒，怎敢冒充先烈，污辱忠魂？"

说完，他指着洪承畴骂个不停。洪承畴被骂得面若死灰，不敢再审问下去，一拍惊堂木，喝令兵士把夏完淳拉出去。

公元1647年9月，这位年才17岁的少年英雄在南京西市被害。他的朋友把他的尸体运回松江，葬在他父亲的坟墓旁。到现在，松江城西还留着夏允彝、夏完淳父子的英雄合葬墓。

鞠躬尽瘁，死而后已

诸葛亮，字孔明，是三国时期最负盛名的政治家、军事家。

诸葛亮博学多才，满腹经纶，但到27岁还未出仕，直到刘备三顾茅庐拜为军师后，他才出人头地。因此，为报答刘备的知遇之恩，诸葛亮一直辅佐刘备攻打天下，并为其拟定了东联孙吴，西据荆、益，南和夷、越，北抗曹氏，待机进图中原的隆中对策，为以后蜀汉的发展制定了总的战略。公元208年，曹操南伐，诸葛亮和江东周瑜、鲁肃共同努力，并亲自到东吴游说，促成孙权、刘备的联合，取得赤壁之战的胜利。随后，辅助刘备取荆州四郡，出任军师中郎将。后从荆州率军溯江入蜀助刘备包围成都，推翻刘璋统治，夺得益州。刘备出征，他镇守成都，稳定后方，保证供给。

后刘备病重，临终嘱咐诸葛亮继续辅佐儿子刘禅平定天下，共创大业。诸葛亮便又尽心尽力地为刘禅出谋划策。

刘禅继位后，蜀国动荡不安，外侮内患交相煎迫，但诸葛亮不负刘备重托，五月渡泸、平定边患、六出祁山、抵御司马等，为了蜀国的发展尽其所能。有人曾劝过他："您太累了，任何事情都要亲自过问，那岂不是要筋疲力尽吗？"诸葛亮回答："先帝待我恩重如山，如果我不尽心为蜀国出力，就对不起先帝的信任和器重了。"

诸葛亮坚持与孙吴的联盟，并多次进行北伐，希望消灭曹魏，恢复汉室，但都因力量相差悬殊，屡遭挫败，未能成功。建兴十二年（公元220年），在最后一次北伐中，病死在五丈原。就这样，诸葛亮日积月累地劳碌，终于耗尽了全部精力，为了国家献出了生命。

战后，当刘禅得知诸葛亮病死军营，不禁想起北伐魏国前，诸葛亮所上表的奏章——《后出师表》，其中分析了当时局势，表明自己忠心为国的坚定意志。

《后出师表》中有著名的两句话："臣鞠躬尽瘁，死而后已"。果然，诸葛亮言行一致，为国操劳，累死军中。刘禅十分感动，便遵从诸葛亮遗愿，将他安葬在定军山，赐谥号"忠武侯"。

袁崇焕誓死抗后金

袁崇焕，明末杰出军事家、爱国将领。他曾多次率军击败后金军的进攻，阻止后金军南下，被后世史学家誉为"明朝第一将军"。

明朝后期，政治腐败，军力削弱，无力抵挡后金的猛烈进攻。1622年，袁崇焕被外派到了山海关外监督军事。他到达关外之后，全力加强宁远城（今辽宁兴城）的城防建设，将宁远城修建成为一座固若金汤的军事堡垒。

不久，阉臣魏忠贤的党羽高第前来主持山海关防务。高第软弱无能，主张放弃所有关外据点，退保山海关。高第的退却给了后金军乘虚而入的机会，努尔哈赤很快率领大军兵临宁远城下。此时的宁远只有万余守军，受高第撤退的影响，士兵们的士气也很低落。为鼓舞士气，袁崇焕登上城楼，当众刺破手指写下血书，誓与宁远共存亡。守城将士见主帅如此，都深受感动，顿时宁远城守军士气大振。努尔哈赤倚仗人数优势，不分昼夜地向宁远城发起潮水般的进攻。袁崇焕披坚执锐,登上城楼亲自指挥战斗,巧妙地利用宁远城坚固的城防杀敌。此时的宁远守军,拥有一定数量的西洋大炮,威力巨大。袁崇焕亲自指挥炮手们向后金军密集之处开火,炮声一响,烈焰腾空,后金军血肉横飞,死伤惨重。

崇祯皇帝登基之后,袁崇焕被任命为兵部尚书兼右副都御史,全面负责辽东、河北兼天津、山东一带的军务。皇太极不敢对山海关发起正面进攻,率军绕开袁崇焕的防线,从蒙古一带突破长城,攻入关内,长驱直入,直逼北京。袁崇焕得知后,亲率6000骑兵为先头部队,马不停蹄地抢先到达北京。双方在北京城下展开激战了。袁崇焕身披战甲,策马扬鞭,亲入敌阵,终于打退了后金军队。然而,就在京城百姓欢庆胜利之时,皇太极利用反间计陷害袁崇焕,多疑成性的崇祯皇帝竟将袁崇焕关押起来。为国立下卓著功勋的一代名将最终以"谋叛欺君"的罪名被凌迟处死。

但是,千秋功罪,历史自有公论,公论就是最好的祭奠。袁崇焕忠贞的民族气节和爱国主义精神以及卓越的领导能力都将永远为后人所赞颂。

冼夫人巾帼不让须眉

冼夫人自幼聪明伶俐,勤劳能干。她不仅博览群书,极富文采,而且擅长挽弓射箭,可谓文武双全。到了婚嫁年龄,冼夫人和当时的高凉太守冯宝结为伉俪。婚后,她全力协助丈夫在俚族人民中间推行政令,并积极采取切实可行的举措,促进汉族和俚族的融合统一。

南北朝时期,南方变乱迭起,朝代更替频繁。面对动乱的局面,

冼夫人下定决心要维护国家的安全统一。在她的努力下，广东境内汉、俚等族人民归服了朝廷的领导，各族人民和睦相处，一度出现了安定团结的大好局面。

公元548年，江南发生了"侯景之乱"。高州刺史李迁仕想乘机割据称雄。所以，他拒不发兵北上参加平灭"侯景之乱"的战争。不仅如此，他还招兵买马，扩张势力，企图起兵叛乱，以达到称霸广东的目的。

李迁仕为了争取冯宝和冼夫人的支持，就派人请冯宝去高州聚会，说有要事商量。冯宝正欲前往，冼夫人急忙出来阻拦，不让丈夫前往。丈夫不解，询问其故。冼夫人向丈夫分析了李迁仕的不良意图——叛变朝廷。她让丈夫装病推托，以保全国家安定团结的大局。

冯宝听了冼夫人的分析，没有赴约。没过几天，李迁仕果然打出造反的旗帜。这时候，冯宝连连夸奖冼夫人料事如神，并向她讨教平灭反贼的良策。冼夫人根据敌强我弱的形势分析，认为只有智取才能将反贼一网打尽。

为了消灭反贼，冼夫人不顾个人安危，决定亲自深入虎穴。她带了十分丰厚的礼物，由1000多个士兵担着，假装是去恭恭敬敬地拜见李迁仕，以赎前次不赴约之罪。李迁仕听说是冼夫人亲自前来，毫无防范地打开了城门。哪知这些士兵的担子中都藏着兵器，他们出其不意地杀进城后，占据城门、府衙等要地，并接应后续部队陆续入城，很快就打败了李迁仕的分裂势力，维护了广东地区的安定和统一。

后来，广州刺业欧阳纥又起兵反叛朝廷。冼夫人再次举起了平灭反贼的大旗，欧阳纥见冼夫人态度坚决，就胁迫冼夫人就范，诱捕了冼夫人的儿子冯朴。在这紧急关头，冼夫人义正词严地告诉部下："我不能为了保护儿子而负了国家。"冒着儿子被杀的危险，冼夫人毅然起兵讨伐叛逆，广东地区的统一和安定局面在她的努力下得以保全。

朝廷鉴于冼夫人为维护国家统一和地方安定所作出的贡献，封她为中郎将，于是她成了南北朝时期中国少数民族中唯一的女将军，当地群众也把她奉为"圣母"。

郑成功收复台湾

明朝末年，社会动荡不安，国家内忧外患交困。荷兰侵略者趁机侵占了台湾，四处勒索台湾民众，残酷镇压人民的反抗。

满怀报国热忱的郑成功自少年时期随父到过台湾后，就目睹了台湾人民的苦难；此时，他看到荷兰侵略者的种种暴行，心头立即燃起了报国复仇的火焰，他发誓一定要赶走侵略者，收复台湾，并为实现自己抱负不断努力。

在郑成功修造船只、筹集粮草，准备渡海作战时，曾在荷兰军队里当过翻译的何廷斌找到郑成功，送给他一张台湾地图，并详细讲述了荷兰殖民者在台湾的军事部署，同时告知郑成功："你们的部队一到台湾，我们全台湾人民一定全力支持。"郑成功获得这些可靠情报，更加坚定了收复台湾的信心与决心。

公元1661年4月的一天，郑成功亲自率领2.5万将士，分乘300多艘兵船，由金门越过台湾海峡，经澎湖岛，直捣台湾。

船队到达台湾鹿耳门港口，郑成功命令熟悉海势地形的何廷斌领航，趁涨潮的机会驶入港内，登上台湾岛。台湾数千百姓成群结队前来迎接，这极大地鼓舞了郑军士气。

随后，郑成功又一鼓作气地攻下赤嵌城。荷兰军官看正面攻击占不了上风，就想施计拖延。他们一面派人向郑成功求和，并以10万两白银利诱，另一面却悄悄地去爪哇搬救兵。

郑成功识破了敌人的伎俩，义正词严地说道："台湾自古以来就是我国的领土，如果你们不撤退，就别怪我们不客气了。"

台湾城是荷兰殖民主义者在台湾的统治中心，如同一座堡垒，建筑十分坚固，防守十分严密，各处均设有瞭望台，安着千斤大炮，易守难攻。但是只要攻克了台湾城就意味着结束了荷兰在台湾的殖民统治，因此，郑成功下令强攻。郑军四面出击，可无论哪个角度都无法躲开敌人猛烈的火力，几次进攻均告失败，而且将士伤亡惨重，这令郑成功心急如焚。

郑军中有个叫萧拱辰的参军，他建议采用长期围困的战略，逼迫荷兰军队投降，郑成功欣然采纳，决定长期围困台湾城，直至城中几乎弹尽粮绝。在围困8个多月后，郑成功见时机成熟，决定转入全面进攻。郑军摆开28门巨炮，猛轰台湾城，顷刻间瓦石乱飞，一片火海，荷兰军死亡极为惨重。荷兰总督见大势已去，只好带着残兵败将向郑成功脱帽行礼、递上降书，灰溜溜地离开了台湾。至此，被侵占38年之久的台湾，终于重新回到了祖国母亲的怀抱。

收复台湾后，郑成功积极发展各项生产，投资兴办教育，促进经济发展，使之日渐成为一个美丽富庶的宝岛。但他自己却因积劳成疾，患病去世，终年仅39岁。

大禹治水

古时候，黄河经常泛滥成灾。在尧为帝王时，中原一带经常洪水泛滥，庄稼和房屋被淹没，使百姓贫病交加、流离失所。尧四处求访治水的能人，后在众臣的推荐下，他启用夏后氏的首领鲧治理洪水。

鲧办事果断，但刚愎自用。他只知道水来土挡，造堤筑坝，堵截洪水，结果洪水依然没有治好。鲧治水用了9年时间，直到舜继承帝位，洪水也没退，反而泛滥得更加肆无忌惮。舜大怒，下令革去鲧的职务，将他流放到羽山。后来鲧就死在那里，再没有回来。

舜面对奔腾的洪水，同样束手无策。他征求大臣的意见，看谁能治退洪水，大臣们说："非禹莫属，虽然他是鲧的儿子，但德行修养大不相同。禹做事认真，为人谦逊，俭朴善良，而且智慧超常。"舜当即决定派禹去治理泛滥的洪水。

禹身负治水重任，同时父亲的死又给了他很大压力，因此，他下定决心，一定要平复水患，拯救万民，完成父亲留下的事业。

禹经过深思熟虑后，决定用疏导的方法将黄河水引走。当时，禹刚刚新婚，但他毅然离别妻子，带着契、后稷等一批助手，跋山涉水，风餐露宿，走遍了中原大地的山山水水。他常常手拿准绳和规矩，小心谨慎地各处测量、勘探，同时发动各地群众一起施工，每当水利工程开始的时候，禹都和人民一同运石伐木，开河挖渠。这项浩大的治水工程在风霜雨雪中缓慢而艰难地进行着。

一天，禹正带人由甘肃积石山一路疏通黄河河道而下，走到黄河中游（今山西河津和陕西韩城交界地），有一座大山挡住了黄河的去路。看到黄河水疏通不畅，水位逐渐升高，禹立即叫人将大山劈开一个豁口，黄河水立刻奔泻而出，至此畅通无阻，禹即将此处命名为龙门。后世人为追念禹，又把龙门称作禹门口。另外，还有一处大山，禹曾在那里凿了三道门，把它们称为神门、鬼门、人门，这也就是今天著名的三门峡。禹的足迹踏遍了黄河两岸，令水流畅通无阻，终于制服了黄河水。

13年来，禹累瘦了，指甲磨秃了，脚底生了厚厚的趼子。有一天，禹治水经过自家门前，听到妻子涂山氏生的儿子启正啼哭不止。可他没进去看一眼，狠了狠心，又奔向被水淹没的河滩。

当舜看到昔日淹没的山陵露出了伟岸的轮廓，荒弃的农田变成丰满的粮仓，百姓也都重建屋舍，过上了幸福生活时，万分激动。他召见禹，让禹谈治水之道，禹却谦逊地说："这不是我一个人的功劳，我只是采纳众人好的建议而已。"舜大喜，他知道自己拥有了一个不可多得的贤才，后来就把部落首领的位置禅让给了禹。

萧何忠心为国

萧何是西汉初年的名相，也是"汉初三杰"之一（另外二杰为张良、韩信），江苏沛县人，早年曾任秦沛县狱吏。公元209年他随同刘邦起兵，攻克咸阳后，诸将全都忙于争夺金银财宝，萧何却视金钱如粪土，忙于收集秦朝丞相、御史大夫府所藏的律令、图书，这使刘邦得以掌握全国户口、民情和地势，对日后制定政策和取得楚汉战争的胜利起到了重要作用。

刘邦被封为汉王后，萧何劝说刘邦以巴蜀为基地，与民休息，招纳贤才，然后还定三秦，再与项羽争夺天下，并推荐韩信为大将军。楚汉战争时，萧何以丞相专任关中事，他侍从太子，为法令约束，使关中成为汉军的巩固后方。楚汉相持于荥阳、成皋时，刘邦屡遭挫败，死伤惨重，军中缺乏现粮，萧何及时调遣关中兵卒支援，并转漕运供给军用，保证了前线兵员粮饷的供应，促使战局发生了根本转机。因此，刘邦称帝后，以萧何功劳最高，位次第一，食邑8000户，分封其父母兄弟十余人以食邑。

在辅佐刘邦打天下、建立刘汉王朝的过程中，萧何"镇国家，抚百姓，给馈响，不绝粮道"，在百姓和军士中有着很高的威望。刘邦嘴上称萧何"功不可望"，但心里对忠心秉正的萧何总是怀有猜疑，担心萧何威信太高而威胁到自己的皇位。

萧何看出了汉高祖刘邦的心思，就把家族中的很多子弟送到刘邦帐下听用，一是避近亲之嫌，二是取得刘邦的信任。刘邦也因此减少了对萧何的猜疑。

后来，刘邦以莫须有的罪名杀了功高震主的韩信，接着又给萧何加封食邑5000户，萧何多次辞谢封赏，刘邦不允，萧何仍坚持献出封赏的资财以助军用。刘邦深恐萧何有二心，又派都尉带领500名士卒守卫萧何宅院，明是恩宠有加，暗是监视严防。即便这样，萧何仍襟怀坦白，一如既往地辅佐刘邦治理国家。

这时，许多好心的亲朋再三提醒萧何，不要再勤勤恳恳为民着想、为民办事，以免刘邦认为他是在取信于民，图谋不轨，最后像韩信那样遭受灭族之灾。萧何这才不得不像贪得无厌的地主，故意挖空心思地多弄些土地，低价购进，强赊慢还，人为地造成一些坏名声，好让刘邦放心。刘邦见萧何只注意一些蝇头小利，没有把心思用在夺权上，心里暗暗高兴。

刘邦死后，萧何仍以国事为重，并一心一意辅佐惠帝刘盈执掌朝政。萧何临终前，惠帝准备选丞相，前来征求萧何的意见："曹参怎么样？"尽管曹参是武将出身，战功卓著，封赏多在萧何之下，对萧何非常不服，也常有针对萧何的怨言。但萧何出于忠心，毫不犹豫地点头说："皇上以曹参为相，萧何死了也无遗恨了！"

石奢以身殉法

石奢是春秋时期的楚国人。有一次，他奉楚昭王之命巡视全国，楚昭王允许他顺路回家住几天。

这一允诺无疑给了石奢很大的惊喜，因为他已经很久没回过家乡了。他十分思念自己的父母，这次楚昭王主动提出让他回家看看，他心中自然是既感激又兴奋。

石奢巡视工作完毕后，就独自一人走上了回乡的小路。眼看已经走到村边，忽听远处树林里传来两人斗嘴和呼救的声音。有人在打架，他急匆匆地向呼救处奔去。走到近处，他看见一人正在举刀向另一个人砍去。被砍的人应声倒地而亡。

石奢一个箭步奔过去，紧紧地抓住了杀人的凶犯。可就在这个时候，他惊呆了。他万万没想到这杀人犯竟是他的父亲。面对父亲的哀求，石奢的心既矛盾又痛苦，但最后还是让父亲逃了。石奢再也没有进村探亲的兴致了。他日夜兼程地返回都城，立即把在路上遇见父亲杀人和自己放纵父亲逃走的事情如实地报告了楚昭王。他细述了自己的苦衷，并请求大王给他治死罪。

楚昭王不肯。他认为石奢年轻有为，廉洁公正，办事井井有条，实在是国家的栋梁之才。现在突然出了这么一件事，如果按照法律把石奢处死，未免太可惜了。楚昭王劝慰石奢并开导他继续安心料理政事。然而石奢却不愿原谅自己的过失，执意要承担维护国家法律尊严的责任。

最后，石奢向楚昭王拜谢告辞。他一走出宫门，就拔剑刎颈了。楚昭王和众官员知道后，惊叹不已，都为楚国损失了这样一位奉公守法的优秀人才而感到惋惜。

包拯执法铁面无私

北宋时期,有一位断案如神、公正廉明、铁面无私的好官,他就是包拯。

包拯,字希仁,庐州合肥(今安徽合肥市)人。仁宗天圣五年,28岁的包拯中了进士,从此踏上了仕途。他一生做过许多官,小到县令,大到枢密副使,无论身负何职,他都执法如山,正直无私,被民间百姓称为"包公"、"包青天"。

包拯所到之处,当地的百姓有冤案都会争相上诉,因为他们相信包拯会秉公执法,为民请命。实际上,包拯也是这样做的。对百姓,认真查处,不偏不倚;对权贵,敢于斗争,严惩贪官恶霸;对亲戚故旧,也不加偏袒。

在庐州府做官的时候,百姓闻知"包青天"到任,便纷纷赶到衙门投递状纸。包拯翻阅诉状后发现,案上厚厚的一叠状纸,都是状告自己舅舅的。原来,包拯的舅舅依仗自己外甥在朝做官,便在庐州横行霸道,抢占民田,干尽违法之事。

包拯十分恼怒,叫来当地县令询问。县令见隐瞒不过,只能承认确有此事。包拯质问他道:"那你为何不审,依法惩治?"县令吞吞吐吐地做了回答。原来,当地县令畏惧包拯的权力,不敢轻易审理有关包拯舅舅的案子。包拯顿时明白了,并决定亲自审理自己舅舅的案件。

几天后,包拯派捕快将舅舅缉拿归案。在家中,包拯的妻子董氏深知丈夫一向秉公办案,可又担心人家说丈夫无情无义,因为他

们的儿子在庐州全仗舅舅照顾。所以，董氏语重心长地劝包拯："舅舅待我们不薄，你一定得手下留情，免得让人觉得你六亲不认。"包拯却不这样认为，他说："不能怪我包拯六亲不认、无情无义，舅舅在庐州称霸一方，百姓怨声载道，而我一向为官清廉，做官就是要为百姓做主，既然大家状告到我这儿，我就得管。舅舅仗着我在朝中做官，横行乡里，连县令也不敢过问，长此以往，他的气焰会更加嚣张，如果我都宽恕了他，不依法惩治，你想想看，这庐州会成什么样子？"一席话说得妻子哑口无言。

第二天，包拯升堂，亲自审理舅舅的案件。舅舅被带上堂，他以为外甥能袒护自己，没想到包拯却厉声喝问，并把百姓递上的状子摆在他眼前，又让衙役找来证人，当面对质。舅舅无话可说，只得认罪。同时，他恼羞成怒地大骂外甥不孝。包拯大喝："你为非作歹，欺压百姓，还在公堂之上辱骂本官，本官罚你重杖五十大板。"说完令牌扔出，一顿"啪啪"的板子落下，吓得一帮恶霸乡绅再也不敢为非作歹了，至此庐州太平无事。

超越外国人

1987年，王军霞考进了大连第六十八中学读书。在中学，她的长跑成绩很突出，体育老师吸收她进入了田径队。经过一段时间的训练，她的长跑水平不断提高，她由此萌生了献身体育的志向。

有一次，王军霞和父母围坐在电视机前看田径比赛，看到跑在前面的都是黑人和白人，中国人的成绩很不好，她的心里很不是滋味。想到自己的训练，想到以后事业的发展，她认真地对父亲说："中国人怎么跑不过他们呢？我想将来超过他们！"从此，王军霞更加刻苦地训练，决心一定要跑出好成绩来。

恰在这时，大连市体校开始了招收新生的选拔赛，王军霞报了名。但比赛在大连市内进行，学校告诉她，因为经费不足，去市内参赛有困难。王军霞回家见到父亲就哭了。

"孩子，别哭！我领你去找学校领导！"父亲喜欢女儿这股向上的劲头，支持女儿去实现理想。他找到校方说明：如果学校有困难，他可以自己出资负责王军霞和教练的旅费及食宿费用。学校领导被感动了，送王军霞参加了比赛。最终，王军霞以优异的成绩考进了大连体校，这一年，她刚刚15岁。

1992年春，世界青年越野锦标赛在美国举行，中国决定派队参加，名单已经确定下来。在马教练的争取下，王军霞也被列进名单里。王军霞的心中十分激动。从沈阳飞往美国波士顿，时差的干扰、旅途的辛劳，使王军霞感到极其困乏。可是，王军霞一看到参赛对手的名单，有来自世界各地的白人、黑人选手，她的脑海中又浮现出学生时代要跑在外国人前面的理想。所以，她立即克服了旅途带来的身体不适，投入到适应性训练中，很快进入了竞技状态。

正式比赛开始了。一声发令枪响后，王军霞毫不怯阵，虽是第一次参加国际比赛，但她平时训练有素，在长跑中保持技术，一直在第一集团中处于领先地位。比赛结束，她与第一名的外国选手只有微弱的差距，获得了银牌，这也是参赛中国选手的最好成绩。领队和同去的队友向她祝贺，她点点头，却没有特别兴奋。看着外国选手脖颈上挂着的金牌，她的双唇紧闭，暗下决心："要从外国人手里把金牌夺过来。"

后来，王军霞又不断提高自己的水平，在1993年，她终于打破了女子1500米和3000米比赛的世界纪录，成为这个赛场上跑得最快的人。

苏琼勤政爱民

苏琼，字珍之，北齐灭亡后出仕北周，任博陵太守，为官正直，廉洁奉公，体恤民情，政绩斐然。

北齐天保年间，南清河郡发生洪涝，有1000多户老百姓断炊。苏琼心急如焚，命人把郡中有粮的富人们都召集到郡府，要他们救助灾民。一些富人面露难色，纷纷借故推托。"大家的难处我知道，无非是担心受灾百姓日后还不出粮。"苏琼朗声道，"好，今天就算是本官我向你们借粮吧。拿纸笔来，我给你们写借条！"饥民们就靠这批粮食平安渡过灾荒，获救的百姓深受感动。

不料州里在荒年仍要按户征收田租，并要查究苏琼个人借粮的事。郡中部下担心苏琼出事，苏琼说："我一人获罪事小，一千多户人家获救事大，我还有什么可抱怨的。"

除了体恤民情之外，苏琼把其他各项政事也安排得有条不紊。如在养蚕的月份，他就预先将绵、绢的尺度及样式向下面公布，征兵、收赋的程序都建立起明确的规定。至于调役，他都事先就加以操办，因此郡县的有关官吏极少因延误时间而受到处罚。邻近郡县的人都佩服苏琼的治理，当时各州郡都派人到他那里学习。

后来，苏琼升任徐州左丞。在他任此职之前，朝廷一直把淮河列为禁区，不允许淮南淮北的商贩随意往来。他到职后，遇淮南地区遭灾，他上表朝廷请求破例允许百姓到淮北去买粮，获得了上级的同意。以后淮北百姓发生饥荒，他又请求允许百姓去淮南买粮。从此以后，禁锢被完全打破，淮河南北的商人可以自由往来，淮河两岸货物得以流通。通过水陆运输，有些货物还直达黄河以北地区，促进了区域经济发展,使淮南淮北的百姓都得到很大的实惠。

纵观苏琼为官的生涯,他始终坚持服务人民的原则,每到一处都兢兢业业地为人民办实事,他的精神值得我们学习。

文天祥宁死不降

文天祥,原名云孙,字天祥,又字履善,号文山,吉州庐陵(今江西吉安县)人,南宋时期杰出的民族英雄和爱国诗人。

南宋末年,元军一路势如破竹,直逼都城临安。文天祥率领义军赶往救援。危难之际,他被任命为右丞相,前往元军大营与元朝丞相伯颜谈判。文天祥面对伯颜,毫不畏惧、大义凛然,痛斥了元军的残暴行为。伯颜极为生气,同时又敬佩他的气节,决定将他扣留,押往北方。后来文天祥用计逃脱,历尽艰辛,终于在福州与新立的宋端宗会合,继续担任右丞相,负责抗元事宜,但终因寡不敌众,再次兵败被俘。

文天祥被俘之后,元将张弘范逼迫文天祥给当时另外一位抗元将领张世杰写劝降信,文天祥却在纸上写下了《过零丁洋》一诗,一字一句都是文天祥的铮铮铁骨,其中"人生自古谁无死,留取丹心照汗青"更是震古烁今,成为历代爱国志士的座右铭。

陆秀夫负幼帝跳海之后,当时的元朝统治者希望利用文天祥来笼络人心,收买其他南宋遗臣,于是派人规劝文天祥投降。但是,许多前来劝降的宋朝降官都被文天祥痛骂,只得灰溜溜地回去。元朝统治者见劝说无效,就将文天祥关入阴冷潮湿的地牢之中。地牢中一年四季不见阳光,冬天冷如冰窖,夏天又充满腐臭的霉气。文天祥在地牢之中继续抗争了3年,经历了种种折磨,始终没有俯首称臣。元世祖忽必烈听说之后，决定亲自召见文天祥，劝他投降。

召见之时，文天祥见忽必烈却不下跪，左右见状，强逼文天祥下跪，但他仍然屹立不动，从容说道："宋室已经灭亡了，我也只求速死。"忽必烈对他说道："你若是像效忠宋朝那样为我出力，我便封你做宰相。"文天祥面对这样的诱惑，依然毫不动心。忽必烈又说："你若是不愿意做宰相，也可以做任何你想做的官。"文天祥淡然地回答道："我所求的，不过一死罢了。"

忽必烈无计可施，最终决定处死文天祥。在行刑之前，文天祥问道："哪一边是南方？"身边的人给他指出了南方的方向。文天祥向着南方下拜，说道："我一生报效国家，到此也算完结了。"说罢，他从容就义，年仅47岁。

文天祥为国尽忠、取义成仁的浩然正气是中华民族宝贵的精神财富。

颜杲卿誓死不降

颜杲卿是唐朝著名书法家颜真卿的堂兄。他性情刚直、不畏权贵，办事公正、不谋私利。

公元755年末，安禄山以"讨伐奸相杨国忠"为名起兵反叛，气势汹汹逼近常山。常山太守颜杲卿猝不及防，只得与长史袁履谦开城诈降。安禄山赏给颜杲卿一件紫袍，赏给袁履谦一件红袍，命令他们继任原职，征集粮草，招募兵丁，以备调用。安禄山还派遣叛将高邈、李钦凑率领7000兵卒驻守土门关（今河北井陉关），监视颜杲卿，还把颜杲卿的儿子、侄儿带到军中当作人质。

颜杲卿邀请袁履谦吃饭，席间问道："你知道安禄山为什么送给咱们锦袍吗？"袁履谦答："拉拢你我为他效命。"颜杲卿又问："咱们该怎么做啊？"袁履谦说："穿他的袍，走咱的路。"颜杲卿笑道："正合我意。"二人修城浚渠，招募士兵，充实粮仓，立志讨贼。

中原多年没有战事，很多郡县无兵可用。地方官吏或弃城逃跑，或开门投降。安禄山率军长驱南下，迅速占领黄河以北的大部分地区。安禄山渡过黄河、攻下洛阳之后，派遣使者段子光带着唐朝忠臣李澄、卢奕、蒋清的人头传示各郡，命令各郡投降纳粮。平原太守颜真卿腰斩段子光，还派遣外甥陆逖来到常山郡，让颜杲卿尽快攻占土门关，以截断安禄山的后路。

颜杲卿听说驻守土门关的叛将李钦凑是嗜酒如命的酒鬼，就想了一个主意。恰逢岁末年尾，土门关另一叛将高邈回到范阳述职。颜杲卿给李钦凑写信，声称自己卧病在床，邀请李钦凑来城议事。李钦凑不疑有他，就应邀前往。宴会上，颜杲卿派人灌醉李钦凑之后，将其杀死在城外的驿站，一举占领土门关。第二天，藁城县令崔安石派人来报，说叛将高邈已从范阳归来，天黑将到藁城。于是，颜杲卿在藁城县衙设下埋伏，活捉了高邈。没几天，安禄山的心腹何千年来到赵郡（今河北赵县）巡视，又被颜杲卿趁机逮住了。

颜杲卿还派人分赴河北各郡告诉官吏：朝廷派出30万大军讨伐安禄山，已经收复土门关，被迫叛变的官员，趁早投降，可获重赏；如果顽抗，罪加一等。于是，河北24郡中有17个郡重新归附了朝廷。

此时，安禄山在洛阳自立燕国，自封为帝，听说后方动荡不稳，大为震惊，派史思明、蔡希德分兵两路突袭常山。常山兵少粮缺，又无外援。颜杲卿率领军民昼夜激战，直至弹尽粮绝。史思明威逼利诱，颜杲卿拒不投降。史思明一怒之下杀死了颜杲卿的儿子颜季明，押送颜杲卿来到洛阳。安禄山怒问颜杲卿："我选拔你当太守，为什么还要背叛我？"颜杲卿大骂："你这营州放羊的狗奴才，朝廷对你倍加恩宠，有什么事对不起你，你竟然造反？我家世代是朝廷忠臣，恨不能杀你报答朝廷。"安禄山气得发抖，命人割下他的肉，逼他吃下。颜杲卿毫不变色，仍然骂声不绝。最后，安禄山又命人割下他的舌头，将其肢解。

公元759年初，唐肃宗追封颜杲卿为太子太保，谥号"忠节"。

神农种谷尝百草

神农，亦称神农氏。在民间传说中被尊崇为中华民族三始祖之一，他不仅是传授播种五谷的农业祖先，也是尝百草以药治病的医学发明人。

神农氏所处的时代，是中国从原始畜牧业向原始农业发展的转变关头。那时，人们维持生存的食物是那些飞禽走兽。可是，随着人口的繁衍，天上的飞禽越打越少，地上的走兽越打越稀，所得的食物已经难以果腹。怎样才能解决人们的食物问题呢？神农氏苦苦思索，可谓绞尽脑汁。某天，有一只周身通红的鸟儿，衔着一棵五彩九穗谷飞在空中，掠过神农氏的头顶时，九穗谷掉在地上，神农氏见了，拾起来埋在了土壤里，后来竟长成一片。他把谷穗放在手里揉搓后品尝，感到很好吃。于是他教人砍倒树木，割掉野草，用斧头、锄头、耒耜等生产工具，开垦土地，种起了谷子。

由此，大家也得到了启发，原来除了飞禽走兽之外，那些青青绿绿的草木也是可以吃的。但是一开始还不知道哪些能吃，哪些不能吃，因此就不得不用口尝试。这种尝试，尤其是在饥不择食的情况下，误食有毒植物的情况常常发生。为此，神农氏亲自尝百草，辨别哪些植物苦涩难咽，哪些植物香甜可口，哪些植物会使人呕吐腹泻，哪些植物可发汗止痛，哪些植物可能使人中毒死亡。在此过程中，神农氏又找到了一些可以充当食物的东西，同时也非常熟悉各种植物的温寒平毒，可以利用它们的性质来给百姓们治病。最后，神农氏因为误食毒草而过世。

为了纪念神农教民种五谷、尝百草以治病、造福人间的功绩，老百姓就把他探询百草的那片茫茫林海，取名为"神农架"，把神农升天的回生寨，改名为"留香寨"。后世史家更把神农与伏羲、女娲合称为"三皇"，奉为中华文明的始祖之一。

左宗棠收复新疆

1812年，左宗棠出生在湖南湘阴县一个书香门第。左宗棠3岁就跟着祖父在家中书塾读书，6岁攻读四书五经，9岁时学作八股文章，14岁时参加童子试，考取全县第一名，次年参加长沙府试，取中第二名。1832年，左宗棠参加本省乡试，与哥哥同榜中举。之后6年，左宗棠三次赴京会试，均未考中，转而研究地理、兵法。

1837年，左宗棠深受两江总督陶澍赏识，成为总督府的四品幕僚，开始接触军国大事。1849年，林则徐途经长沙，约见左宗棠，将其在新疆整理的资料、地图交给左宗棠，并深情地寄语"西定新疆，舍君莫属"。林则徐还向咸丰皇帝推荐左宗棠，称其为"绝世奇才、非凡之才"。

1851年，太平天国起兵反清。左宗棠去当湖南巡抚的幕僚，开始展现非凡的军事才能。1856年，左宗棠接济曾国藩粮饷，立功受赏，任职兵部郎中。1859年，石达开率领太平军进入湘南。左宗棠奉命召集民团4万人击败太平军。1860年，左宗棠奉诏跟随曾国藩治理军队。左宗棠招募5000人马组成"楚军",开赴江西、安徽作战,镇压太平军,战功赫赫,官运亨通。1867年,左宗棠剿灭太平军余部,并在福州仿制西洋轮船,培养海军人才。

1868年,中亚浩罕王国(今乌兹别克斯坦)的阿古柏侵占新疆大部地区;1871年,沙俄趁机占领新疆伊犁;1872年、1874年阿古柏先后与俄、英订立"条约",相互勾结。1875年,左宗棠受命督办新疆军务。1876年3月,65岁的左宗棠备足兵马粮饷,毅然率军西征。

左宗棠进驻肃州,根据新疆地形北广南狭,"北可制南,南不可制北",提出"先北后南"的作战方略。左宗棠命令道员刘锦棠率军攻克乌鲁木齐,然后兵分两路挥师南下,翻越天山,直捣阿古柏的老巢,收复吐鲁番。1877年5月,阿古柏逃至库尔勒,兵败之后服毒自杀。

左宗棠正准备乘胜追击的时候,突然接到朝廷敕令:"廷臣聚议,西征耗费巨款,今乌城、吐鲁番既得,可以休兵。"左宗棠仰天长叹,上疏抗旨,据理力争。光绪皇帝看完奏章后,暗暗点头称是,并表示坚决支持。左宗棠挥师西进,彻底击败了阿古柏残部。

1880年,左宗棠上书朝廷,建议在新疆开设行省,并派员出使俄国索回伊犁。清廷派遣崇厚赴莫斯科交涉,崇厚却带回俄国拟定的屈辱条约,被问以死罪。1880年5月,左宗棠命人抬着棺材进驻哈密,准备武力收复伊犁。可是,懦弱的清廷却突然下诏将他调回北京。1881年2月,清朝使臣曾纪泽与俄方代表订立《中俄伊犁条约》等不平等条约,沙俄终于归还伊犁。

1882年,左宗棠再次奏请新疆建省,清朝政府批准设省方案。1884年6月,左宗棠奉召入京,再任军机大臣。时值中法战争,法国舰队在福州马尾大福建水师,左宗棠奉命督办福建军务。左宗棠积极布防,并组成"恪靖援台军"支持台湾。1885年,左宗棠病故于福州。

岳飞尽忠报国

公元1103年，著名爱国将领岳飞生于相州汤阴县永和乡。岳飞小时候沉默寡言，生有神力，跟随陈广耍枪弄棒，无所不精。岳飞十几岁时拜师周侗，学习骑射，攻读兵法。

1122年，岳飞前往河北真定参军入伍。临行之前，岳飞的母亲姚氏谆谆教诲，还在他背上刺下"尽忠报国"四个字。1125年，金兵进逼汴京（今开封），宋徽宗赵佶仓皇南逃，皇太子赵桓即位，成史上称宋钦宗。1127年，宋徽宗、宋钦宗连同3000多名皇室成员被金兵掳走，只有钦宗的弟弟赵构侥幸南逃，在南京称帝，历史上称为宋高宗。宋高宗反战主和，整日沉溺于歌舞，"暖风熏得游人醉，直把杭州作汴州"。岳飞上书怒斥议和，力主反击，结果反被免职。

三个月后，岳飞投奔河北路招抚使张所，在王彦统辖下抗击金兵，渡过黄河收复新乡。岳飞与王彦不和，又转战汴京投奔宗泽，先后两次大败金兵，深得宗泽赏识，被提升为东京留守司统制。1128年，宗泽受人排挤，抑郁而终。岳飞只得另觅去处，追随开封留守杜充。

1129年，金国太子兀术举军南侵，渡过长江攻入南京。南京行营留守杜充不战而降，金军乘机攻占了杭州、宁波。宋高宗仓皇而逃，乘坐楼船漂泊在海上。岳飞临危不乱，集合部队，并激励部下说："我辈当以忠义报国，死而不朽。"南宋士卒备受感动，愿意追随岳飞抗战到底。岳飞移师广德，六战六捷；率兵救援常州，四战全胜。岳飞收编散兵游勇，壮大军队实力，随时袭击金兵。

1130年，岳飞率部在南京城南牛头山设下埋伏，在深夜派遣百名士兵混入敌营，斩敌3000人，俘虏2000人。岳飞捕获敌方哨兵，获知金兵北撤路线，火速赶往静安镇，横刀跃马大败金兵，乘胜收复了南京，从此名声大振。

　　1132年，岳飞挥师北上，收复襄阳、信阳等六郡。这时，岳家军有2.3万多人，军纪严明，秋毫无犯，"冻死不拆屋，饿死不掳掠"。1134年，岳飞以5万精兵，击溃金兵傀儡李成的30万大军。金将兀术领兵5万赶来救援，又被岳飞、韩世忠打败。

　　1136年，岳飞再次出师北伐，攻城略地，收复国土。可惜，岳家军孤军深入，既无援兵，又无粮草，不得不撤到鄂州（今武昌）。

　　此后，岳飞屡次建议兴师北伐，都被高宗拒绝。1139年，高宗与金兵议和，南宋向金称臣纳贡。岳飞不胜愤懑，要求告老还乡。1140年，金兀术撕毁和约，大举南侵。岳飞奉命出兵反击，相继收复郑州、洛阳等地，在郾城大破金军精锐铁骑兵"铁浮屠"和"拐子马"。金军哀叹"撼山易，撼岳家军难"。岳飞招兵买马，准备直捣黄龙。高宗却连发12道金牌，命令岳飞班师回朝。岳飞仰天长叹："十年之功，毁于一旦！"

　　岳飞回到杭州，就被解除了兵权。1142年8月，高宗再次向金求和，金兀术要求"先杀岳飞，方可议和"。当年12月底，秦桧以"莫须有"的罪名将岳飞毒死。一代名将，就此含恨归天！

狼牙山五壮士

　　1941年8月，侵华日军华北方面军调集70000兵力，对晋察冀边区所属的北岳、平西根据地进行毁灭性的"大扫荡"，制造了多起惨绝人寰的屠杀惨案。9月23日，日军分三路向河北易县进军，企图包围杨成武司令员指挥的晋察冀军分区一分区。9月25日，日伪军约3500人围攻易县狼牙山地区，将邱蔚团和易县、定兴、徐水、满城四个县的游击队以及周围人民群众共2000多人团团包围。

杨成武司令员制定"围魏救赵"的作战方案，命令三团、二十团佯攻管头、松山、甘河一带日军，迫使日军从狼牙山东北方向调兵增援，让被围的游击队员与人民群众趁机从狼牙山东北方向突围。邱蔚团长将掩护部队转移的任务交给某部第七连。

午夜，邱蔚团长指挥部队及当地群众安全转移。清晨，在飞机、大炮的掩护下，500多名日伪军向狼牙山方向攻来，却被七连战士埋下的地雷炸得人仰马翻，丢下50多具尸体仓皇逃窜。不久，日伪军再次疯狂进攻狼牙山。七连战士伤亡惨重，连长刘福山身负重伤。为了掩护大部队安全撤离，只好让第六班留下坚守，首长命令"在第二天中午之前，不准敌人越过棋盘陀"。

六班当时只剩5人，班长马宝玉、副班长葛振林，战士胡德林、胡福才、宋学义。他们选择了一个叫"小鬼脸儿"的险要之处，准备阻击日伪军。

破晓时分，日伪军开始进攻狼牙山。马宝玉率领大家沉着应战，等待敌人走近之时命令大家一起射击，把手榴弹接二连三地投向敌人。小鬼子纷纷倒下，乱作一团。日伪军搞不清山上有多少八路军，开始炮轰阵地。

临近中午时分，主力部队按照计划应该转移完毕，马宝玉率领大家撤退，走到一个岔路口：北面是主力部队和群众转移的方向，他们一路往北可以归队，可是敌人尾随其后，会发现主力部队和群众的行踪；南面是通向棋盘陀的悬崖绝路。这时，马宝玉果断下令："向南走！"他们边打边撤，敌人紧咬不放。就这样他们引诱日伪军来到狼牙山棋盘陀峰顶。

5位战士凭借险要地势，击退敌人多次进攻，子弹、手榴弹用光了，就搬起石头砸向敌人，最后连能搬动的石头也用完了，一直坚持战斗到太阳偏西。敌人像疯狗似的蜂拥而上。马宝玉神情庄严地说："同志们，我们都是有骨气的中国人，宁死不投降！为祖国、为人民牺牲是光荣的！"5位战士折断枪支，从容地走向悬崖！

21岁的马宝玉整整军衣、正正军帽，大喊一声："同志们，跟我来！"第一个纵身跳下深谷。葛振林等4名战士也相继跳下悬崖。马宝玉、胡德林、胡福才壮烈殉国，葛振林、宋学义被挂在半山腰的树枝上，负伤脱险后返回部队。

1942年4月，晋察冀军区在棋盘陀上建立了"三烈士塔"，后毁于日军炮火之中。1959年3月"三烈士塔"重建，更名为"狼牙山五勇士纪念塔"，聂荣臻元帅亲笔题词："视死如归本革命军人应有精神，宁死不屈乃燕赵英雄光荣传统。"

义烈宦官寇连材

寇连材生于北京昌平县南七家村，他22岁那年，父亲和财主为划清土地边界打起官司，结果输了官司，丢了田地。父亲悲愤难言，含恨死去。寇连材无法维持生计，只好跑到京城寻找出路，结果走投无路净身进宫，侍奉慈禧太后。寇连材眉清目秀，谈吐文雅，办事机警，能写会算，因此深得慈禧欢心。后来，慈禧派他到奏事处侍奉光绪皇帝，其实是监视光绪，刺探消息，随时禀报。

寇连材初到奏事处时，光绪皇帝对他深怀戒心。闲暇之时，光绪跟他谈古论今、探讨时局，发现这个太监有胆有识，赞成变法，戒备之心渐渐打消。而光绪皇帝勤政为民、求贤若渴的举动也使寇连材深受感动，于是寇连材决心效忠光绪，承担起为光绪皇帝与维新派之间传书递简的特殊使命。

一年之后，寇连材又奉命回到慈禧身边，在会计房当差，亲眼目睹宫中的种种黑暗与慈禧的骄奢淫逸，屡次劝谏慈禧，却遭到严厉呵斥。

1894年，甲午中日战争爆发，清军连吃败仗，慈禧卑躬屈膝地投了降，并于1895年与日本签订了丧权辱国的《马关条约》。此时，康有为、梁启超发起"公车上书"，反对将台湾、澎湖列岛割让给日本，积极提倡变法图强，得到光绪皇帝的支持。以慈禧为首的"后党"激烈反对变法维新，散布流言飞语，诬蔑光绪有损帝德，想废黜光绪，另立小皇帝。寇连材忧心忡忡，决定进谏慈禧。

1896年3月23日清晨，慈禧太后刚刚起床，寇连材就跪在慈禧面前，痛哭流涕。慈禧太后怒容满面，严厉喝问："哭的是哪门子的丧？"寇连材回禀："老佛爷，眼下国家危难，几乎不可收拾。您不为祖宗的江山社稷着想，也应该为自己生前身后的名声、普天下的黎民百姓想想，不要难为皇上，让他施展抱负，早日富国强兵。"慈禧十分恼火，将他臭骂一通，轰出房去。

寇连材并不灰心，决心冒死上书进谏。他请假5天，回到家里诀别亲人，然后回到宫里，散尽积蓄，关好房门，挥笔疾书。1896年3月28日，寇连材将谏书呈给慈禧太后，共列10条谏议，畅言仁人志士敢想不敢说的敏感问题，劝说慈禧太后不要干预朝政，还政于光绪皇帝；停止擅自动用海军军费去修建颐和园；赎回被日本占领的台湾，宁可赔款，不可割地等。

慈禧太后看完谏书后勃然大怒："大胆奴才，竟敢干预朝政，你可知道祖宗的家法？"寇连材坦然回禀："知道。"慈禧太后声色俱厉："内监言国事，按律当斩！"寇连材朗声说道："国势危急，千丝万缕，迫在眉睫，愿舍生取义，冒死一谏，不然，国家局势就难以收拾了。"慈禧太后忽然转口说道："你小小年纪，能写出如此文章，如果说出是受何人指使，我就饶你不死！"寇连材镇定自若地说："未受任何人指使，全是我一人所为。"慈禧太后问道："好！既然是你一人所为你可以背出来吗？"寇连材随即轻松地背诵了一遍奏折。

慈禧太后不仅没有息怒，反而下旨将寇连材由内务府交刑部立即将其正法。两天之后，寇连材在菜市口被斩首示众。

生的伟大，死的光荣

1947年1月，在敌人的一次扫荡中，刘胡兰被捕了。审问开始了："你是叫胡兰子？""我就是刘胡兰。""好！我就喜欢这样的痛快人，现在，有人供出你是共产党员！""说得没错，我就是共产党员！""你们村还有谁是共产党员？""就我一个！""你们区上还有多少共产党员？""就我一个！""不可能吧！那么大一个区，怎么只有你一个呢？你不说我们也知道。""知道还问我做什么？""近来，给八路军办过什么事？""只要我能办的，什么事都办过。""你难道不知道做共产党员是要杀头的吗？你小小年纪就不怕死？""怕死就不当共产党员！"敌人看硬的不行，就又来软的，说："我看你年纪轻轻，怪可怜。这样吧，你要是把你了解的说出来，我就不为难你，还给你地，给你钱。总之，你要什么就给你什么。""你就是给我个金娃娃，也甭想让我告诉你们！"这时，旁边的匪军连长沉不住气了，他挥着手中的皮带喊道："你别不识抬举，老子崩了你！"刘胡兰"哼"了一声，理都没有理他。敌军官说："这样吧，等会儿开大会，你只要在众乡亲面前认个错，说你参加共产党是受骗的就行了。"刘胡兰听了，气得满脸通红说："呸！办不到！"这下，敌人恼羞成怒了，对匪兵一挥手说："带出去！"

全村的老百姓全被敌人赶到了大庙前的广场上，被捕的另外6名同志被五花大绑着，押在那儿。匪军把刘胡兰一个人放在另一头。几个匪兵抬上来3口铡刀。敌人残酷地杀害了6位革命同志，烈士的鲜血染红了铡刀。敌军官走到刘胡兰面前，吼道："刘胡兰，你好好儿想想吧，小小年纪就这样死了多可惜！赶快投降吧！现在还来得及！"看着惨死的同志们，刘胡兰的心都碎了，但是，她毫不畏惧地说："要我投降办不到！你们别做白日梦了！""你才15岁，难道你不怕死？""我早就说过，怕死不当共产党员，我死也不低头，决不投降！"敌人气得大喊道："机枪，准备射击！"刘胡兰挺身上前，喝道："别向乡亲们开枪，这些都和他们无关。说！我咋个死法？""还用问，铡死！用铡刀铡死！"敌人恶狠狠地说。刘胡兰毫不畏惧，在穷凶极恶的敌人面前，她从容地躺到铡刀下，壮烈牺牲了，年仅15岁。后来，毛泽东主席亲笔为刘胡兰题词："生的伟大，死的光荣"！

英勇无畏

黄继光参加志愿军后，一直是全连的优秀战士。1952年著名的上甘岭战役打响了，黄继光被调到营部当通信员。这一天，他随营参谋长到六连，进行作战前的准备工作。早晨5点30分，志愿军开始火力准备。敌人阵地很快成了一片火海。参谋长带领黄继光来到已被六连占领的六号阵地。在战士们勇猛的攻击下，没过多久，四号和五号阵地也被夺过来了。"这一仗打得真漂亮！下一步，该攻打零号阵地了,我们就要胜利了!"黄继光兴奋地说。"那是硬骨头,难啃得很哪!"参谋长沉思着回答。零号阵地左右两面都是悬崖绝壁,易守难攻。为了夺取零号阵地,六连付出了很大的牺牲。零号阵地能不能占领,是这次战斗能否胜利的关键。左侧的那个火力点是攻取零号阵地的鬼门关,必须想法炸掉它,这是全体指战员一致的想法。但是组织了几次攻击,牺牲了好几个同志,仍然没把火力点炸掉。"我去干掉它!"连长急红了眼睛,拿起手雷就要冲过去。"有我们通信员在,不能让连长去。"黄继光挡住连长,向参谋长请求:"把这个任务交给我,只要我有一口气,就一定扳倒它。""好!黄继光,我们信任你。"参谋长郑重地对他说:"我任命你为六连六班的代理班长,在战斗中只许前进,不许后退。""是!"黄继光和肖登良、吴三羊组成了一个新的战斗小组。3名勇士向着敌人的火力点零号阵地进发了。敌人的照明弹升上天空,零号阵地上的敌人发现了黄继光战斗小组。在战斗中,吴三羊牺牲了,肖登良受了重伤,就剩下黄继光一个人了。

　　这时敌人的探照灯熄灭了,黄继光继续前进。参谋长屏住呼吸,注视着黄继光的行动。敌人又打出照明弹,这时黄继光身上已是多处负伤,行动很艰难。敌人机枪的火舌,一直追随着他。"好,快到了。"黄继光低下头,心里想着。是的,距离目标不到20米了。近了,又近了,10米,不到10米了……忍着伤痛,黄继光猛地站起来,冒着枪弹,投出手雷。由于筋疲力尽,手雷没有掷中目标。在爆炸声中,黄继光昏迷了过去。参谋长注视着他的一举一动,看出这位勇敢的战士已用尽了全身力气。他正在焦急时,发现黄继光又开始向前爬去。黄继光两手空空,爬近了喷着火舌的敌人火力发射点!只见他霍地站起来,伸展两臂,猛地向喷着火舌的敌枪眼扑过去,用自己的身躯,堵住了敌人的机枪射孔……敌人惊呆了!战友们热泪盈眶!"冲啊!为黄继光报仇!"参谋长和身边的3个战士喊

着冲了上去。四号阵地的战士们也怒吼着冲向零号阵地。黄继光虽然牺牲了，但他的英雄事迹，就像天空的星辰一样永恒！

"我是中国人"

钱学森1911年出生在上海市，1934年从上海交通大学毕业后，考入美国麻省理工学院，第二年转入加州理工学院继续深造，成为著名航空科学家冯卡门的得意弟子，毕业之后留校任教，是公认的力学、工程控制和火箭技术专家。

1949年，钱学森准备回国效力。当时，美国麦卡锡主义泛滥，政治迫害横行，掀起反共排外浪潮。1950年7月，美国政府指控钱学森是共产党员，取消了他参加机密研究的资格。钱学森愤然决定回国，但出发之前却被美国当局拘留，两个星期后被美国朋友保释，但是从此以后一直受到监视。美国当局还经常对他严加审讯，逼迫他承认自己是非法入境的共产党员。钱学森总是随机应变，理直气壮地加以驳斥。

检察官问钱学森："你忠于哪个国家的政府？"

钱学森说："我是中国人，当然忠于中国人民，忠于对中国人民有好处的政府，敌视对中国人民有害的政府。"

检察官追问："你说的'中国人民'是什么意思？"

钱学森答："四亿五千万中国人。"

检察官说："这四亿五千万人现在分成两部分，你是忠于在台湾的国民党政府，还是忠于在大陆的共产党政权？"

钱学森答："我已经说过我忠于谁的原则了，我会根据自己的原则判断。"

检察官又问:"你在美国这么长时间,你敢发誓说,你忠于美国政府吗?"

钱学森答:"我的实际行动已经回答了这个问题,在第二次世界大战期间,我一直用自己的聪明才智为美国效力。"

检察官又问:"你现在要求回到中国内地,那你会用你的知识帮助共产党巩固政权吗?"

钱学森说:"知识是我个人的财产,我有权支配,爱给谁就给谁。"

检察官又说:"那你就不让政府来决定你应当效忠的对象吗?"

钱学森义正词严地说:"不,检察官先生,我忠于谁是要由我自己来决定的。难道你的意愿都是美国政府为你决定的吗?"

检察官狼狈不堪,只得暂停审问。第二天,洛杉矶报纸上的大字标题是:"被审讯的不是钱学森,而是检察官!"

1955年9月17日,钱学森和夫人蒋英带着两个孩子同22位中国留美科学家一起乘"克利夫兰总统号"邮船返回祖国。

后来,钱学森回忆说:"我从1935年去美国,到1955年回国,在美国呆了20年。20年中,前三四年是学习,后十几年是工作,所有这一切都在做准备,为了回到祖国后能为人民做点事。我在美国那么长时间,从来没有想过要在那里待下去。我这么说是有根据的,因为在美国,一个人参加工作,总要把他的一部分收入存入保险公司,以备晚年退休之后用,在美国期间,有人好几次问我存了保险金没有,我说一块美元也不存,他们感到很奇怪。其实没有什么奇怪的,因为我是中国人,我根本不打算在美国住一辈子!"

为中华之崛起而读书

周恩来1898年3月5日生于江苏省淮安县。周恩来的祖父周殿魁晚年才捞到一个知县的官职，可惜上任不久便去世了，家业从此逐渐衰落。周恩来的父亲在外面做事，挣钱不多。其生母万氏是大家闺秀，支撑门户，善理家财，迎来送往，都办得井井有条，体体面面。周恩来经常跟着母亲，深受熏陶，增长了不少见识。养母陈氏教他学唱儿歌，念书识字。

1907年，生母万氏不幸病逝。1908年，养母陈氏也患肺结核去世。年仅10岁的周恩来不得不经常出入当铺，硬着头皮向亲戚借钱，深切感受到了人间冷暖、世态炎凉。他把花园改成菜园，种上玉米、南瓜和豆角，这成了一家人的主要口粮。

1911年夏天，周恩来赶到沈阳投奔大伯周贻庚，进入沈阳东关模范学校读书。东关模范学校是一所新式学堂，开设有国文、算术、历史、地理、物理、英文、歌唱、体操等几门课。周恩来很喜欢这些课程，专心听讲，遵守纪律，成绩名列前茅，特别是作文、书法和英文总是名列第一。

周恩来的作文经常受到老师表扬，全班同学竞相传阅。他写的《奉天东关模范学校第二周年纪念日感言》一文，表现出了强烈的爱国思想，在全省举办的教育成绩展会上展示，被收入《学校国文成绩》一书。

周恩来初到冰天雪地的沈阳，很不适应。他守在火炉旁，看着同学们在外面高兴地玩闹，就决心通过踢球好好锻炼身体。他最喜欢这项运动，在球场上像凶猛的小老虎。一次，他们班输掉一个球，同学们垂头丧气。周恩来说："没关系，咱踢球也不是为了赢几个球啊！"同学问道："那是为什么呀？"周恩来说："我们踢球，主要是练好身体报效中华！只要能锻炼身体，输几个球算什么呀！"

历史教师高戈吾非常喜欢周恩来，经常借给他一些革命家的著作。周恩来先后阅读了陈天华的《猛回头》、《警世钟》、邹容的《革命军》等书。他还在课外学习了《离骚》、《史记》、《汉书》等文史著作。其中，周恩来特别欣赏范仲淹《岳阳楼记》中"先天下之忧而忧，后天下之乐而乐"的名句。

一天，魏校长亲自为学生上修身课，题目是"立命"。魏校长提出一个问题："请问你们为什么读书啊？"教室里静静的，没有一个学生回答。魏校长走下讲台，指着一个同学说："你为什么而读书呀？"这个学生站起身来，挺着胸脯说："为光耀门楣而读书！"接着魏校长又问另一个学生。那个学生答道："为了明礼而读书。"接着，一个官僚的儿子自豪地说："为做官而读书。"一个靴铺掌柜的儿子直率地说："我是为赚钱而读书的。"同学们哄堂大笑。

校长笑着摇摇头，走到周恩来面前问："你是为什么而读书？"周恩来站起身来，郑重地答道："为中华之崛起而读书！"魏校长十分惊喜，学校竟然有这样出众的学生。校长对大家说："有志者，当效周生啊！"意思是说，有志气的青年，要向周恩来学习啊！

屈原为国投江

鸟在江边悲哀地嘶叫着，向着故国的方向，仿佛缅怀着楚地的郁郁青草。而主人，在江水边低下头沉思着，沧浪之水清兮，可以涤缨。清澈的江水，倒映出一张苍老的脸，以及那满头白发，而他

的心，像波浪一样翻腾起来。这滔滔江水，或许是唯一没被污染过的地方。怀抱着这样的信念，这个老人缓缓步入江中，任江水淹没自己。

战火纷飞的战国时期，秦、楚、齐、燕、赵、韩、魏七国，争城夺地，互相杀伐，连年不断征战。而楚国的大诗人屈原，正值最好的时光，为楚怀王的左徒官。他见百姓遭受到战争灾难，十分痛心，于是立志报国为民，劝怀王任用贤能，爱护百姓，得到楚怀王的信任。

然而这种信任最终却给屈原带来灾难，他倡导革新的提议，对贵族的利益造成损害。因此，以公子子兰为首的一帮贵族，对屈原非常嫉恨。他们常在楚怀王面前说屈原的坏话，说他心高气傲，恃才傲物，不把怀王放在眼里。挑拨的人多了，怀王对屈原渐渐不满起来。

秦国的间谍将这个情况报告给秦王，当时秦王对各国虎视眈眈，只是碍于六国联盟，不敢动手。而六国中最强的楚国居然内部不和，实在是天赐良机。于是秦王准备了金银财宝，交给首相张仪，让他出使楚国，拆散六国联盟。

张仪假装辞去秦国相位，并将相印归还秦王后才向楚国出发。张仪到了郢都，先来拜访屈原，说起了秦国的强大和秦楚联合对双方的好处，屈原很清楚张仪前来的目的，于是说："楚国坚决不能改变六国联盟的主张。"

在屈原这里碰了壁，张仪无奈，找到了公子子兰。张仪告诉子兰："屈原就是靠六国联盟才博得了楚王的信任，只要拆散了联盟，他就失去了楚王的宠爱。而后秦楚两国交好，天下之大，又有什么可怕的呢？"楚国的贵族听信张仪的话，和他连成一气。子兰想了一条计策：就说屈原向张仪索取贿赂，由王后郑袖在怀王面前透出这个风声。张仪大喜道："王后肯出力，真是秦楚两国的福分了！"

张仪布置妥当后，就托子兰引见怀王。他劝怀王绝齐联秦，列举了很多好处。最后道："只要大王愿意，秦王已经准备了商、於之地600里土地献给楚国。"怀王是个贪心的人，听说不费一兵一卒，白得600里土地。如何不喜？回到宫中，高兴地告诉了郑袖。郑袖向他道喜，可又皱起眉头："听说屈原向张仪要一双白璧未成，怕要反对这事呢！"怀王听了，半信半疑。

第二天，怀王摆下酒席，招待张仪。席间讨论起秦楚友好。屈原果然猛烈反对，与子兰、靳尚进行了激烈争论。他认为："放弃了六国联盟，就给秦国以可乘之机，这是楚国生死存亡的事情啊！"他痛斥张仪、子兰、靳尚，走到怀王面前大声说："大王，不能相信呀！张仪是秦国派来拆散联盟、孤立楚国的，万万相信不得。"怀王见屈原果然如郑袖所说，竭力反对秦楚和好，同时自己又贪图秦国的土地，不禁怒道："难道楚国的600里土地抵不上你一双白璧！"就叫武士把他拉出宫门。

屈原痛心极了，站在宫门外面不忍离开，他盼着怀王能改变主意，以免给国家带来灾难。他从中午站到晚上，一直到看见张仪、子兰、靳尚等人高高兴兴走出宫门，才终于绝望了。屈原回到家中，闷闷不乐，想到亲手结成的联盟一经破坏，楚国就保不住眼前的兴旺，不禁昼夜难眠。他写了一篇名叫《离骚》的长诗，把对楚国的忧愁和自己的怨愤都写了进去。

这篇诗传到宫中，子兰、靳尚等人又找到了攻击屈原的材料，说屈原把怀王比作桀纣。怀王大怒，撤掉了屈原的官职。正值敏感的时候，家人劝他换个地方去休养一阵，他大声说："我不能带着楚国和百姓一起走呀。"但在家人的日夜劝说下，屈原还是搬出了郢都，准备住到汉北去。他走一阵，又回望一阵，叹息道："这雄壮的郢都城啊！"

他挂念着国事，到一处就歇几天，打听一下消息。有一天，他看到一座古庙里的墙壁上，画着天地神灵和古代圣贤的故事。圣君贤王的事迹触动了他的心事，他想不通怀王为什么这样糊涂。他对神灵大声喝问："这世界究竟有没有是非？"神灵没有回答他，可事实却对他做了回答。当怀王和齐国断绝了邦交，拆散了联盟以后，就派人到秦国去接收土地。

张仪得到六国联盟确实已经瓦解的消息以后，出来接见楚使。当楚使提到交割土地时，张仪赖得一干二净。他说："我说的是6里，怎么可能是600里呢？"楚使有口难言，只得空手回来报告楚王。这一来，可把怀王气昏了，他仗着这几年养精蓄锐，兵粮充足，就派了大将屈平，带领10万大军，进攻秦国。

秦王立刻改变了攻齐的计划，索性联合齐国，分两路迎击楚军。楚军挡不住两国的夹攻，连打几个败仗，屈平阵亡，秦兵占领了楚国的汉中等地。从怀王二十七年（前302年）起，秦国连连对楚国发动战争。楚国国势一天不如一天，逐渐失掉了对抗秦兵的力量。怀王三十年（前299年），秦国占领了楚国北部的8座城池。怀王正在愁闷，忽然接到秦王的来信，请他到秦国武关地方，商谈秦楚永世友好的办法。怀王左思右想，拿不定主意：要不去，只怕秦军向南进攻；要去呢，又怕秦国心怀叵测。

子兰首先劝怀王："秦王愿意和好，这机会可失不得。"靳尚也说："走一遭儿，至少有几年太平。"怀王回到后宫，又听了郑袖一番劝行的话，这才打定了主意，马上写了回信，同意去武关会谈。准备了几天，他和靳尚带了500人马动身，才离郢都没多久，只见有一匹马飞一般的向他奔来。

奔到跟前，马上的人跳下，伏在车前，大声恸哭。怀王一看，原来是三闾大夫屈原。屈原听到了怀王要去武关的消息，连夜飞马而来，只听他悲声说道："大王啊！秦国如虎口，这危险冒不得哟！你要想想楚国的祖宗和百姓，不能单听小人说的话哟！"十多年不见，屈原憔悴了。怀王见了他，想起这十多年来的国势，一天不如一天，心里也涌起了一阵感伤。他正在沉思，靳尚站出来狠狠地对屈原说："今天是大王出门的好日子，三闾大夫说这些丧气话是什么意思？"屈原气得嘴唇发抖，颤声说道："上官大夫！你是楚国人，也该替楚国想想，不能把大王送进虎口啊！"靳尚大怒，连声叫屈原让开。屈原攀住了车辕不肯放手。靳尚令人把屈原推倒在地，扬鞭催马，簇拥着怀王走了。

屈原爬起来，一边追，一边叫。靳尚只怕怀王心里动摇，加快一鞭，那车飞一般去了。屈原喘着气站住了，眼睁睁望着向西而去的人马，直到不见了影子，还呆呆地立在那儿。不到半个月，靳尚就一人一马逃回郢都。果不出屈原所料，怀王和500人马一到武关，就被秦国扣留，已经送往咸阳。3年后，楚王郁郁而终。

秦国把这副无用的枯骨送还楚国。怀王的灵柩到达郢都的时候，楚国百姓个个感到奇耻大辱，沿路都有人失声痛哭。这事件给了屈原很大的打击，他本来还把复兴楚国的希望寄托在怀王的醒悟上，现在才知什么都完了。他在怀王灵柩面前哭昏了过去。后来，他请求顷襄王趁各国都在怨恨秦国的机会，设法联络，一同对付秦国。顷襄王却全然不听。

屈原到了流放的陵阳地方，日夜心烦意乱。他知道楚国定有灾难："但是我怎能为了逃避灾难，离开出生的地方，到处乱撞呢？"屈原考虑了几天，觉得楚国一片黑暗，让他喘不过气来，因此决定出国去走一遭儿。走了几天，到了到了楚国的边境，他又踌躇起来。

他的马悲哀地嘶叫着，马夫也回头望着楚国叹气。屈原不禁激动地说："对，我们是楚国人、楚国马，死也要死在楚国的土地上！"他回到陵阳住了9年，既没有回郢都的希望，又听到楚国的局面越来越坏。每个传来的消息都使他坐立不安。他想起怀王是因为拒绝割让黔中才死在秦国的。于是他决意到这块地方去看看，便来到黔

终生受益的古训故事

中郡溆浦地方住了下来。爱国的火焰在他心里燃烧，可自己又无能为力。他只能每天在山边湖旁踱着。

满腹的忧愁愤恨，他都写成了诗篇。他越来越老了，但是复兴楚国的希望却一天也没有熄灭过。顷襄王二十一年（前278年），一个晴天霹雳般的消息把他击昏了：秦将白起进攻楚国，占领郢都，楚国的宗庙和陵墓都被毁了。楚国要亡了！他想到了死，他宁愿在这个消息的煎熬中彻底死去。汨罗江边，那清澈的江水里，他义无反顾，纵身一跃……

魏征劝谏

公元627年，也就是中国历史上著名的唐贞观之治的第一年。这一天的显德殿，宫灯高挂，亮如白昼。随着一阵笙箫管乐声起，128名男子披甲执戟，踏歌起舞。舞姿刚健有力，气势磅礴。随着声乐变化，队形或圆或方，变化莫测，仿佛在演习战阵。这曲《秦王破阵舞》是为了歌颂李世民的赫赫战功。一曲舞罢，四周就响起一片喝彩声。有臣子向前一步，赞颂李世民说："新即位的君主应当让天下人都知道天子的威严和权力，应当带兵征讨四方，炫耀武力，四海才能降伏，国家才能安定，古代许多君王都是这样做的。"众人中只有名臣魏征表情凝重，默默不语。

魏征从小生活贫苦，曾做过道士。参加过起义军，失败后归降了唐朝。后在太子李建成处做事，为李建成出谋划策。玄武门事变以后，李世民听说魏征曾向太子进言说要杀死自己，于是派人找到魏征，质问他："你为什么要挑拨我们兄弟之间的感情？"

在场的大臣都为魏征捏了一把汗，魏征却神色自若道："如果太

子听了我的话，将你杀死，那么他现在已经是皇帝，也不会落得现在的下场了。"听完这番话，大臣们更紧张了，他们害怕看到龙颜大怒的场面。李世民却不怒反喜，道："各为其主倒也罢了，但你这番直言就很难得了。"他欣赏魏征的坦直，任命他做了言官。

玄武门兵变后，李建成和李元吉的手下唯恐受到株连，人人自危。为了安定人心，李世民宣布大赦：凡六月四日玄武门之变前与故太子和齐王有关系的人一律无罪，如有人再告发，就要受到惩罚。但还是有人不放心。

李世民派魏征到河北一带进行安抚，途中遇见州县官员正在押送两名李建成的旧部。魏征下令说把他们放了，副使劝道："如果放了这两个人，很有可能被人说你以权谋私，释放认识的罪人。"魏征道："皇上已经下了命令，罪不及旧人，我岂能为了避嫌而罔顾指令呢？再说，早一天放人就能说明皇上的话是真实的，也好安定人心。"

魏征把这两个人放了以后，果然有人参他的本。但李世民却认为魏征是个正直的人，一心做事，不会因怕别人怀疑而停滞不前。正因如此，李世民很重视魏征的意见。

此时，在众人的赞颂声中，魏征却一言不发，李世民想知道他的意见，便说："魏征你一直沉默，是否有更好的看法呢？"闻言，魏征向前一步，从容而又坚定地说："我以为当前最重要的事是安定社会，恢复生产，让人民休养生息，非但不能大兴武功，反而应尽力减少战争。"

此话一出，众人哗然。魏征继续说道："圣人说，'水能载舟，也能覆舟'。这个水就是人心。国家兴亡，根子在人心的向背。所以要少用武力，减轻百姓的负担；其次要亲近贤臣，疏远小人，任用贤能的人；然后修订法律，与老百姓一起遵守，对人民重在教育，不轻加责罚；必须虚心纳谏，以防言路不通；最后要崇尚节俭，严戒骄奢，减轻百姓的赋税和徭役。做到这几点，国家才能兴旺。"

魏征的剖析入情入理，李世民听完不由深思道："这种力排众议的事情，也只有你才做得出来。"从此以后，李世民更加信赖魏征，在治国之策上经常采用他的意见，为盛唐的辉煌打下了坚实的基础。

魏征是个有见识的人，他常常不顾个人得失，对朝廷的大政方针和李世民的缺点错误提出有见地的意见，为李世民所重视。

贞观初年，为了稳定边防，李世民下令征兵。征兵前，太宗派使者前往全国各地视察兵源情况，有人建议说："有些男孩虽然还没满18岁，但是体格健壮的，可以提前服役。"李世民同意，下令执行，魏征坚决反对，拒绝在手令上签字。

原来太宗即位时，为了防止自己做出错误决定而无人劝解，曾规定：凡是他的命令，要有关大臣集体签署意见，方可下达。于是这个征兵令，由于魏征拒绝签字，便无法下达执行。李世民前后4次要求魏征通过这项命令，魏征都拒绝了。李世民大发雷霆，训斥魏征为何扣发他的诏书，并责备道："有些人虽然没满18岁，但是身材高大，是可以应征的。再说也有人并非真的不是成丁（18岁至20岁），而是那些不诚实的百姓为了逃避兵役而隐瞒年龄，对于这种人，难道不应该征召么？提前应征能有什么害处？你这样固执，实在让我不明白用心何在？"

听完问话，魏征不紧不慢地说："我听说，把湖水放干抓鱼，虽然一次可以抓到很多鱼，但明年就没有鱼了。把树林烧了捕野兽，那么以后还有野兽可以抓吗？如果把那些身体强壮但不满18岁的男子征来当兵，农民的田地谁去耕种，国家的租赋将向谁去收取？"

魏征见李世民脸色已有所缓和，话锋一转，道："陛下不是常说：我以诚实和信义治理天下，不让官吏和百姓都去欺诈。然而陛下自登基以来，已经有事失信于天下！"李世民听了大为惊讶，忙问："我哪些事失信？"魏征有条有理地讲道："陛下曾下令：'关中免二年租税，关外免除劳役一年。'百姓蒙受此恩，无不欢欣喜悦，男女老幼，载歌载舞。可是不久就有手令，说，'已经缴纳赋税或已经服过劳役的，所免者从明年开始。'既然已经免除了，收过的就要退还人家，为什么要从来年开始呢？而今，既征收赋税，又征召当兵，怎么能够说从明年开始？像这样随心所欲，朝令夕改，怎么能够得到民心呢？"

这番话说得李世民哑口无言，好半天才说："我原本以为你固执，不通情理。今天听到你谈论国家大事，才发现我的过错很大。朝廷的命令如果没有公信力，人民就无法遵守，天下怎么能太平呢？"他立刻下令免征不到18岁的男子，并赏赐魏征一口瓮，作为对他谏诤的鼓励。

魏征作为李世民的谏臣，常常"犯颜直谏"，不管皇帝是否怒不可遏。这种刚直的精神得罪了许多人，也包括皇亲国戚。李世民第四个儿子越王李泰，聪明伶俐，很受宠爱。但魏征等老臣常上表要求约束这些王子的权力，李泰对此非常不满，常常在皇帝面前搬弄是非。

有一天，李世民召见王子，李泰就借机说："父王，我有个问题想问你，只是不敢说。"李世民饶有兴趣地说："但说无妨。"李泰就装出很委屈的样子说："我们不知道自己还算不算王子，我们的父王是不是当今的皇帝。作为王子，我们不能享有尊贵的权力。朝廷里那几个三品以上的官员，自以为位高权重，根本不把我们放在眼里，动不动就加以训斥，有时竟当众侮辱。特别是魏征，最令人讨厌，诸王遇见他都提心吊胆。身为王子却受到这种待遇，也是对您的蔑视啊！"

这一番话把李世民说得大动肝火。第二天，李世民召见了三品以上的官员，叱责道："我不知道你们竟然这样蔑视皇权。从前的天子多么威严，从前的皇子谁敢得罪？远的不讲，就说隋朝，各级官吏，哪个敢得罪皇子！在皇子面前，哪个不唯唯诺诺，稍有差池就会遭到鞭打。我的儿子，我不允许他们违反法度，管束甚严，但想不到，你们就以为他们软弱可欺，竟然常常侮辱他们！"

大臣们很少见到李世民发这么大的脾气，一个劲地叩头谢罪。就连宰相房玄龄也吓得两腿发软，浑身哆嗦。只有魏征站立着，一动不动。他等李世民发完脾气，严肃而又从容地说道："陛下切不可偏听偏信。诸位大臣没有谁敢轻侮诸王的。三品以上的大臣是您亲自任命，理所当然应该受到尊敬，怎么能够受到别人鞭笞呢？即使在古代，也没有听说诸王侯可以随意殴打、虐待朝臣的。而今国泰民安，陛下是英明之主，怎么能废国法，弛纲纪，纵容王子来欺凌朝臣呢？"

一番话掷地有声，李世民听完后诚心诚意地向魏征等人检讨自己的错误，从此以后对后宫诸王的管束更加严格了。

公元643年，魏征重病而死。死后，唐太宗为表彰他的功绩，寄托自己的哀思，准备举行盛大的葬礼，但魏征的妻子不同意。最后太宗决定：尊重魏征的意愿，葬礼从简。结果，魏征就像一般读书人死去一样，只有一辆白木车子和一幅白布帷帐为他送葬。

爱国从小做起

冬天，北平城笼罩在寒冷而干燥的空气中，一队队穿着军装的日本兵在大街小巷里横冲直撞。路上稀稀拉拉的老百姓敢怒不敢言，只能将头缩在脖子里，悄悄叹口气说："这个冬天，真冷。"

邓稼先正急匆匆地走在路上，他背着书包，低着头一路往前赶。眼看上课时间要到了，他还没到学校。果然，进了校园，上课铃已

经响了,邓稼先拍着脑袋,懊恼地跺了下脚。唉,又迟到了。到了下课,老师把他叫到办公室,问:"你最近怎么老是迟到呢?"邓稼先盯着自己的脚尖不肯说话。看着他这个情形,老师叹口气说:"不管现在北平变成什么样子,书总是要读的。读好书才能救国。"

听完老师的话,邓稼先抬起头来,仍然是那副倔强的表情,说道:"我就不给日本兵鞠躬。"原来,邓稼先从小就受着爱国主义教育,他的父亲邓以蛰是中国现代杰出的哲学家、美学家和教育家,当时是清华大学、北京大学哲学系教授。邓稼先从小在清华园长大,深受学风熏陶。

"七七事变"以后,这个知识分子家庭的平静生活被打乱,强烈的民族屈辱感让邓教授宁可在家里待着,也不愿意出去给日伪政府工作。

冬天天气十分寒冷,邓教授抱病在床,邓家失去了经济来源,靠变卖物品勉强度日。北平沦陷后,有不少人去了日伪政府当官,其中也有邓教授的朋友。尽管邓教授不给敌伪政权做事,但对于朋友们为了糊口不得已而为之的事,仍以宽怀而待之。

有一天,一个好友夹着伪政府的公文包到邓家来拜访,看到邓家家徒四壁。便劝邓教授去日伪政府干点事,也好领些薪水补贴家境。并说:"邓老,你就是不为自己想,也要为孩子想想,他们正是长身体的时候,怎么能让他们饿着?你这又是何苦呢?"

邓以蛰义正词严地说:"就是为孩子想,我才不去。""可是你这样严重的病,没有钱治怎么办?你要养活这上上下下六口人呢……"朋友还想继续劝说,"政府换来换去,关我们什么事情。就算是日本人,给工资养家糊口才是最重要的事情啊。"

闻言,一贯温文尔雅的邓教授大怒,拍着桌子质问道:"为五斗米折腰可以理解,但你在日本人手下做事,不以为耻,反以为荣,你还有点中国人的味道没?请回吧,我这里不欢迎你这样的人来。"

一番话说得这个朋友狼狈而走。同时，也给在房里看书的邓稼先兄弟留下了深刻的印象。从此以后，邓稼先深深地将国仇记在了心里。

"七七事变"爆发后，日寇强占了北平，恐怖气氛笼罩了这个古老的城市。当时日本侵略者非常嚣张，日本兵不仅在街上横冲直撞，任意烧杀抢掠，而且日本军部硬性规定：凡是中国的老百姓从日本哨兵面前走过，都要向其行鞠躬行礼。

虽然说家里已经贫困得揭不开锅了，但邓以蛰仍然让邓稼先去上学。谁知道，这上学路上，就有一个日本兵在站岗。每次走过那个路口，邓稼先看到那个穿着一身黄军装，拿着闪亮刺刀的日本兵，心里就燃起了熊熊怒火。他在心里说：中国人就是死，都不能弯曲高贵的脊梁。

然而他只是个13岁的孩子，不能拿着枪炮去和侵略者拼命。每次上学，他都宁可从胡同口绕过去，也不给这个日本兵鞠躬。即使绕远路会迟到，但邓稼先宁可被老师处罚，也不肯开口说明原因。

老师得知理由后，看着邓稼先倔强的脸，不由深受感动。这样的孩子，才是中国未来的希望啊。从此以后，即使邓稼先迟到，他也没再说什么。

随着年龄增长，考上高中后，邓稼先开始思考人生和社会的问题。国家的危难和人民的痛苦，使得他的思想迅速成熟起来。他开始大量阅读书籍，和激进的朋友谈论民族的前途和命运。他们看的书在沦陷区算"禁书"，所以邓稼先总是去书摊上找。去得多了，便和书摊的主人混熟了。

每次书摊老板都会把进步书籍给邓稼先留着。那些书不仅仅有中文的，还有英文的。但他都能熟练地阅读。他读的书越多，思想就越活跃。父亲看到儿子的进步自然十分高兴，但也有一些担心。母亲看到儿子经常和一些同学聚会，议论时政，也为儿子捏一把汗，只能暗中祷告，盼望家里平安无事。

不久，父母所担心的事还是发生了。一天，日伪当局下令，北京市内的大、中、小学学生，一律手拿日伪国旗，上街庆祝南京被日军占领。那时候，日寇每占领我国一个大城市，总要下令逼迫市民上街游行庆祝。这是最令中国老百姓愤怒的事情。我们的城市被占领了，还要老百姓去庆祝，实在是欺人太甚，人们都是敢怒不敢言。

街道上，一队队伪兵正荷枪实弹地巡逻着。被迫参加游行的学生按着自己的学校列了方阵，每个人手上都拿着膏药旗和汪伪国旗。

邓稼先走在游行的人群中，看着街边上巡逻的卫兵，听着南京沦陷的消息，民族仇恨在胸中如烈火般燃烧。他的手紧紧攥着那面小旗。此刻，白色的旗子上那鲜红的膏药，看上去分明是国人的鲜血所染成的。此刻，又有几个日本学生嬉笑着摇着日本旗子走过来，嘴里还嘲笑说："这就是东亚病夫。"声音传入邓稼先耳朵里，他怒不可遏，用力把手里的两面小旗撕得粉碎，扔在地上，又在上面狠狠地踩了几脚。邓稼先的这一举动，被那几个日本学生看见了，他们只看见有人在扯碎旗，扔在地上用脚踩，但没看清这个人是谁。于是他们就大声喊道："有人破坏国旗！抓住他！"

听到日本学生的大叫，四周的学生们都感到大事不好，立刻一哄而散。邓稼先原来不想跑，但是同学用力抓住他的手，低声迅速地说："因为这种事情被抓，就不能革命了。"

那几个日本学生没有看清到底是谁做出的这一举动，只知道是崇德中学的学生，只好将这件事报告上去。日伪政权立即派人来到崇德中学要求学校将侮辱"国旗"、破坏庆祝游行的学生揪出来严惩。

这个校长也是个爱国人士。他一直推脱说："有可能是你们看错人了，我们学校的学生决不会干这样的事情。"

而在校长将这个伪政府的来人打发走后，这个官员还一直不死心，又来了好几次，一再威胁说："有人看见是贵校队伍里的学生，而且是高年级的高个儿学生。"

校长还是拒不承认，只是答应调查。经过他私下了解，知道是邓稼先干的。校长是邓教授的朋友，他悄悄地来到北沟沿邓家跟邓稼先的父亲说："邓老师，经过我的了解，扯碎伪国旗的事情是邓稼先干的，汪伪当局已经派人来学校追查好几次了，都被我搪塞过去了。但是他们不死心，此事早晚会被人查清的，这样下去实在太危险了，请赶快想个办法吧！"

等到校长走后，邓以蛰把邓稼先叫到书房里。看着儿子清秀的脸，他叹了口气，问："之前撕毁日本旗的事情是不是你做的？"邓稼先毫不犹豫地说："是的，是我做的。"本来以为肯定要挨一顿骂的，他高高地扬起了头，却见到父亲欣慰地拍着他的肩膀说："做得好啊。只是现在校长来说了，日伪官员盯着这个事情。估计你在北平呆不下了，还是暂去你姐姐那里避避难吧。"邓以蛰语重心长地说着，"年轻人爱国是件好事，但要用对方法。"

他坐在老式木椅上，用以前从没有过的眼光看了邓稼先很久，才坚定地说："稼儿，以后你一定要学科学，不要像我这样，不要学文。学科学对国家更有用。"

望着父亲清瘦的脸，邓稼先一下就把这句话牢牢记在了心中。后来，在父亲的安排下，16岁的邓稼先随大姐去了大后方，在四川江津读完高中，并于1941年考入西南联合大学物理系，抗日战争胜利时，他拿到了毕业证书。翌年，他回到北平，受聘担任了北京大学物理系助教。

邓稼先始终牢牢记得父亲的嘱咐，为了学到更多的本领，更好地建设新中国，1947年，他通过了赴美研究生考试，于翌年秋进入美国印第安纳州的普渡大学研究生院。两年内便修满学分，并通过博士论文答辩。此时他只有 26 岁，人称"娃娃博士"。

虎门销烟

林则徐，字元抚，福建侯官（今福州）人，我国近代史上杰出的民族英雄。

道光年间，鸦片泛滥，政治腐败，民不聊生。以林则徐为代表的有识之士，纷纷上书请求禁烟。林则徐在给道光皇帝的奏折中指出，鸦片泛滥将使"中原几无可以御敌之兵，且无可以充饷之银"。林则徐等人的疏谏最终让道光帝下定决心查禁鸦片。

1838 年 12 月，林则徐被任命为钦差大臣，前往广东查禁鸦片。他暗中查访鸦片走私情况，掌握了外国鸦片贩子与广东海关、水师、行商等勾结舞弊的种种黑幕。

林则徐命令广州十三行不准再进行鸦片贸易并立刻上缴所有的鸦片，同时通过十三行行商向外国烟商传令，命其限期上缴所有鸦片。英美烟商凑集了千余箱鸦片上缴，企图蒙混过关。十三行行商伍敦元向林则徐求情，企图行贿过关，林则徐大怒，说："本大臣不要钱！只要你的脑袋！"随后立刻通缉英国烟商，同时按照"违抗封仓"的原则，下令所有停泊在黄埔港里的各国商船一概不准上下货物；不准外商出入往来、离开广州，并派兵严密监视；将所有商馆的后门全部封闭，前门建立栅栏，断绝商馆与趸船的交通；撤退洋馆中受外商雇用的全部中国人员；在商馆附近做买卖的中国商人，限期迁移别处，不许靠近私自交结；停止对商馆的一切供应，断绝食品用水。林则徐的行动得到了广大人民的支持，沉重地打击了蜷伏在商馆内的侵略者和鸦片贩子。很快，英商头子义律就表示愿意交出所有鸦片，同时敦促美商一并上交。最后总计实收鸦片21306箱。

林则徐向道光皇帝奏请销毁上缴的鸦片，并于1839年6月3日开始在虎门当众销毁。午后2时，在林则徐的主持下，震惊中外的虎门销烟开始。

虎门销烟是国际禁烟史上的一座丰碑，林则徐领导的禁烟斗争揭开了近代中国人民反侵略斗争史的帷幕。

戚继光抗倭

明世宗的时候，有一批日本的海盗经常在我国东南沿海一带骚扰。他们和中国的土豪、奸商勾结，到处抢掠财物，杀害百姓，闹得沿海不得安宁。历史上把这种海盗叫做"倭寇"。

公元1553年，在汉奸汪直、徐海的勾结下，倭寇集结了几百艘海船，在浙江、江苏沿海登陆，分成许多小股，抢掠了几十个城市。沿海的官吏和士兵不敢抵抗，见了倭寇就逃。

倭寇侵略越来越严重，使躲在深宫里的明世宗也不得不发愁了，叫严嵩想法子对付。严嵩的同党赵文华想出一个主意，说要解决倭寇侵犯，只有向东海祷告，求海神爷保佑。明世宗居然相信赵文华的鬼话，叫他到浙江去祷告海神。后来，朝廷派了个熟悉沿海防务的老将俞大猷去抵抗。俞大猷一到浙江，就打了几个胜仗。但是不久，浙江总督张经被赵文华陷害，俞大猷也被牵连坐了牢。沿海的防务没人指挥，倭寇的活动又猖獗起来。朝廷把山东的将领戚继光调到浙江，才扭转了这个局面。

戚继光是我国历史上著名的民族英雄，山东蓬莱人。他到了浙江,先检阅那儿的军队,发现那些军队纪律松散,根本不能够打仗,就决心另外招募新军。他一发出招兵命令,马上有一批吃够倭寇苦的农民、矿工自愿参军,还有一些愿意抗倭的地主武装也参加了进来。戚继光组织的新军很快发展到4000人。

戚继光是个精通兵法的将领,他懂得士兵不经过严格训练是不能上阵的。他根据南方沼泽地区的特点,研究了阵法,亲自教士兵使用各种长短武器。经过他严格训练,这支新军的战斗力特别强。"戚家军"的名气就在远近传开了。

过了几年,倭寇又袭击台州(今浙江临海)一带,戚继光率领新军赶到台州。倭寇在哪里骚扰,他们就打到哪里。那些乱七八糟的海盗队伍,哪儿是戚家军的对手,交锋了几次,戚家军一次次都取得胜利。最后,倭寇在陆地上待不住,被迫逃到海船上,戚继光又用大炮轰击。倭寇的船起了火,大批倭兵被烧死或掉到海里淹死,留在岸上的也只得乖乖投降。

倭寇见到浙江防守严密,不敢再侵犯。第二年,他们又到福建沿海骚扰。一路倭寇从温州往南,占据了宁德;另一路倭寇从广东往北,盘踞在牛田。两路敌人互相声援,声势很大。福州的守将抵挡不了,向朝廷告急。朝廷又派戚继光援救。戚继光带了新军赶到宁德,打听到敌人的巢穴在宁德城十里外的横屿岛。那儿四面是水,地形险要。倭寇在那儿扎了大营盘踞,当地明军也不敢去攻打他们。

戚继光亲自调查了横屿岛的地形,知道那条水道既不宽,又不深。当天晚上潮落的时候,戚继光命令兵士每人随身带一捆干草,到了横屿对岸,把干草扔在水里。几千捆干草扔在一起,居然铺出了一条路来。戚家军踏着干草铺成的路,神不知鬼不觉地插进倭寇大营。经过一场激烈战斗,盘踞在岛上的2000多个倭寇全部被歼灭。

戚家军攻下横屿,立刻又进兵牛田。到了牛田附近,戚继光传出命令，说："远路进军，人马疲劳，先就地休整再说。"

这些话很快传到敌人那里。牛田的倭寇真的相信戚家军暂时停止进攻，防备也就松懈下来。就在当天晚上，戚继光下令向牛田发起总攻击。倭兵毫无准备，匆促应战，禁不住戚家军猛攻猛冲，纷纷败退。倭寇头目率领残兵逃到兴化，戚家军又连夜跟踪追击，一连攻下了敌人60多个营寨，消灭了溃逃的敌人。到天色发白的时候，戚家军开进兴化城。城里的百姓才知道附近的倭寇已被戚家军消灭。大家兴高采烈，纷纷杀牛带酒到军营来慰劳。

第二年，倭寇又侵犯福建，攻下兴化。这时候，俞大猷已经复职。朝廷派俞大猷为福建总兵，戚继光为副总兵。两个抗倭名将一起，大败倭寇，收复兴化。公元1565年，俞、戚两军再次配合，大败倭寇。到这时候，横行几十年的倭寇被基本肃清了。

海瑞刚正不阿

在严嵩掌权的日子里，别说是严家父子，就是他们手下的同党，也没有一个不是依官仗势，作威作福的。上至朝廷大臣，下至地方官吏，谁都让他们几分。可是在浙江淳安县里，有一个小小知县，却能够秉公办事，对严嵩的同党一点不讲情面。他的名字叫海瑞。

海瑞是广东琼山人。他从小死了父亲，靠母亲抚养长大，家里生活十分贫苦。20多岁他中了举人后，做过县里的学堂教谕，教育学生十分严格认真。不久，上司把他调到浙江淳安做知县。过去，县里的官吏审理案件，大多是接受贿赂，胡乱定案的。海瑞到了淳安，认真审理积案。不管什么疑难案件，到了海瑞手里，都一件件调查得水落石出，从不冤枉好人。当地百姓都称他是"青天"。

海瑞的顶头上司浙江总督胡宗宪，是严嵩的同党，仗着自己有后台，到处敲诈勒索。谁敢不顺他的意，就该谁倒霉。

有一次，胡宗宪的儿子带了一大批随从经过淳安，住在县里的官驿里。要是换了别的县份，官吏见到总督大人的公子，奉承都来不及。可是在淳安县，海瑞立下一条规矩，不管大官贵戚，一律按普通客人招待。

胡宗宪的儿子平时养尊处优惯了，看到驿吏送上来的饭菜，认为是有意怠慢他，气得掀了饭桌子，喝令随从，把驿吏捆绑起来，倒吊在梁上。驿里的差役赶快报告海瑞。海瑞知道胡公子招摇过境，本来已经感到厌烦；现在竟吊打起驿吏来，就觉得非管不可了。

海瑞听完差役的报告，假装说道："总督是个清廉的大臣。他早有吩咐，要各县招待过往官吏，不得铺张浪费。现在来的那个花花公子，排场阔绰，态度骄横，不会是胡大人的公子。一定是什么地方的坏人冒充公子，到本县来招摇撞骗的。"

说着，他立刻带了一大批差役赶到驿馆，把胡宗宪儿子和他的随从统统抓了起来，带回县衙审讯。一开始，那个胡公子仗着父亲的官势，暴跳如雷，但海瑞一口咬定他是假冒公子，还说要把他重办，他才泄了气。海瑞又从他的行装里，搜出几千两银子，统统没收充公，还把他狠狠教训一顿，撵出县境。

等胡公子回到杭州向父亲哭诉的时候，海瑞的报告也已经送到巡抚衙门，说有人冒充公子，非法吊打驿吏。胡宗宪明知道他儿子吃了大亏，但是海瑞信里没牵连到他，如果把这件事声张起来，反而失了自己的体面，就只好打落门牙往肚子里咽了。

过了不久，御史鄢懋卿被派到浙江视察。鄢懋卿是严嵩的干儿子，敲诈勒索的手段更狠。他每到一个地方，地方官吏要是不"孝敬"他一笔大钱，他是不肯放过的。各地官吏听到鄢懋卿要来视察的消息，都犯了愁。但是鄢懋卿偏又要装出一副奉公守法的样子，他通知各地，说他向来喜欢简单朴素，不爱奉迎。

海瑞听说鄢懋卿要到淳安，给鄢懋卿送了一封信去，信里说："我们接到通知，要我们招待从简。可是据我们得知，您每到一个地方都是大摆筵席，花天酒地。这就叫我们为难啦！要按通知办事，就怕怠慢了您；要是像别地方一样铺张，只怕违背您的意思。请问该怎么办才好？"

鄢懋卿看到这封信揭了他的底，直恼得咬牙切齿。但是他早听说海瑞是个铁面无私的硬汉，又知道胡宗宪的儿子刚在淳安吃过大亏，有点害怕，就临时改变主意，绕过淳安，到别处去了。

为了这件事，鄢懋卿对海瑞怀恨在心。后来，他指使同党在明世宗面前狠狠告了海瑞一状，海瑞被撤了淳安知县的职务。

到严嵩倒了台，鄢懋卿也被充军到外地，海瑞恢复了官职，后来又被调到京城。

海瑞到了京城，对明世宗的昏庸和朝廷的腐败情况，见得更多了。那时候，明世宗已经有20多年没有上朝，他躲在宫里一个劲儿跟道士们鬼混，朝臣谁也不敢说话。海瑞虽然官职不大，却大胆写一道奏章向明世宗直谏。他把明王朝造成的腐败现象痛痛快快地揭露出来。他在奏章上写道："现在吏贪官横，民不聊生。天下的老百姓对陛下早就不满了。"

海瑞把这道奏章送上去以后，自己估计会触犯明世宗，可能保不住性命。回家的路上，顺道买了一口棺材。他的妻子和儿子看到全吓呆了。海瑞把这件事告诉了亲人们，并且把他死后的事一件件交代好，把家里的仆人也都打发走了，准备随时被捕处死。

果然，海瑞这道奏章在朝廷引起了一场轰动。明世宗看了，又气又恨，把奏章扔在地上，跟左右侍从说："快把这个人抓起来，别让他跑了！"

旁边有个宦官早就听到海瑞的名声，跟明世宗说："这个人是个出名的书呆子，他早知道触犯了陛下活不成，把后事都安排了。我看他是不会逃走的。"

后来，明世宗还是下命令把海瑞抓了起来，交给锦衣卫严刑拷问。直到明世宗死去，海瑞才得到释放。

徐悲鸿励志为国

徐悲鸿，江苏宜兴人，我国近代著名画家、现代美术大师，他画的奔马已成为中国画的一个象征。

徐悲鸿出生于一个贫苦家庭，他从小就开始学画，由于悟性很高，画画技艺进步神速。1917年，徐悲鸿东渡日本求学。1919年，又赴法国留学。1927年回国，为变革中国美术作出了巨大贡献。

坎坷的求学生涯使徐悲鸿饱尝人生辛酸，激发出奋进向上的精神；祖国的动荡不安，又让徐悲鸿心系国难，励志报国，无论何时何地，他心中都充溢着中国人的志气和聪明才智。

在法国国立巴黎最高美术学校留学时，徐悲鸿深切地感受到中国留学生的地位低下，中国人学习、办事都备受歧视。尽管徐悲鸿成绩名列前茅，并具备别人望尘莫及的作画天资，可依然处处遭人忌恨。

有一次，一个狂妄的洋学生肆无忌惮地闯进教室，讽刺中国留学生都是无知的蠢材。尽管在场所有中国人内心全都充满怒火，可身在异国，谁都敢怒不敢言。徐悲鸿极力控制自己的愤怒，针锋相对地说："先生，你不要说得那么早，到底谁是蠢材，就让我们各自代表自己的祖国比试一下，等到学业结束的那一天，高低上下就自然分明了。"说完,他愤怒地走开了。

徐悲鸿心里憋了一口气,他废寝忘食,拼命地学,刻苦地练,不顾身体的疲劳,不管胃病的折磨,参加严格的素描训练,到罗浮宫、凡尔赛宫等处临摹名画,终于取得了成功。1924年,徐悲鸿的毕业油画展出轰动了整个巴黎美术界,给那些瞧不起中国人的外国洋学生们以有力的驳斥。

徐悲鸿学成归国,先后任教于南国艺术学院和中央大学,从事绘画创作。他的作品多寄寓着反抗侵略、抨击卖国投降、同情人民、追求光明的思想,表现着中国人民对祖国的炽热情感和高尚的思想境界,他以一个美术家的身份奔赴国难,参加着拯救国家和民族的战斗。

荆轲刺秦王

战国时期,秦国实力雄厚,军队强大,各国备受秦国欺辱,燕国也不例外。卫国壮士荆轲,喜好读书击剑,为人慷慨侠义,四方游历,结交豪侠。荆轲在燕国结识高渐离、田光,并成为至交。后来,田光推荐荆轲为燕国太子效力。

太子丹对荆轲说:"燕国力弱民少,根本不是秦国的对手。而各诸侯国害怕秦王,又不敢联合抗秦。如果有一位勇士出使秦国,以重利相诱,劫持秦王,迫使他归还各诸侯国的土地。如若不行,就干脆杀死他,然后乘秦国内乱,联合诸侯打败秦国。只是我还不知道派谁出使秦国。"

荆轲答道:"这等国家大事,我恐怕不能胜任。"太子丹急忙叩头,再三请求他不要推辞。荆轲终于答应了,太子丹马上尊荆轲为上卿，还特意为他修建了一座豪宅，取名"荆馆"。太子丹每天前去问候荆轲，送上奇珍异宝、山珍海味、宝马良驹、美女佳丽，任他随意享受。

公元前228年，秦国大将王翦率兵攻破邯郸，俘虏赵王，随即北进，兵临易水，准备攻燕。形势万分危急，太子丹催促荆轲上路。荆轲说："必须要带去信物，否则秦王不会相信。秦国正在悬赏缉拿樊於期将军，希望给我樊将军的首级和燕国督亢的地图，拿去进献，秦王一定会接见我。"

太子丹说："樊将军在危难之际来投奔，我不忍心杀他。"

荆轲只好私下去找樊将军说："我有一个主意能帮助燕国解除祸患，还能替将军报仇，可就是说不出口。"荆轲说明来意，道出刺秦大计。樊於期毅然自刎，献出首级。

荆轲带着秦舞阳作为帮手，准备出发。太子丹在易水河边设宴送行，高渐离击筑奏乐，荆轲慷慨而歌："风萧萧兮易水寒，壮士一去兮不复还！"

到达秦国之后，荆轲献给秦王宠臣蒙嘉千金厚礼，请他向秦王通报消息。秦王嬴政大喜，在咸阳宫召见燕国使者。

荆轲捧着装有樊於期头颅的匣子，秦舞阳捧着装督亢地图的匣子，来到大殿台阶前。秦舞阳吓得脸色煞白、浑身哆嗦，秦国众臣都以质疑的眼光看着他。荆轲连忙笑道："蛮夷小人，没有见过大王，胆小害怕，请大王原谅。"秦王让荆轲送上地图，荆轲凑上前去，在秦王面前慢慢打开地图，最后一把匕首突然从地图中露出来。荆轲左手揪住秦王的袖子，右手拿起匕首刺向秦王。秦王大惊，挣断衣袖。荆轲追刺秦王，秦王绕着柱子逃窜。由于秦王的佩剑太长，剑一时拔不出来。大臣们十分惊愕、不知所措，而佩戴兵器的侍卫都在殿下，没有诏谕不能上殿。侍医夏无且提起药袋砸向荆轲，有人喊道："大王背剑！"秦王猛地将剑转到背后，拔出佩剑砍断荆轲左腿。荆轲蹲在地上，将匕首投向秦王。秦王一闪，匕首击中铜柱。

秦王向荆轲连刺几剑，侍卫们也冲上大殿，将荆轲乱刀砍死了。

班超和盟

东汉时候，班超被任命为假司马，随奉车都尉窦固出兵北征，攻打匈奴。假司马官职虽小，但是班超的才能并没有被埋没，他的智慧与谋略得到了窦固的赏识。于是，班超和郭恂一起被派出使西域。

他们带着36名部下首先来到了郑善国。国王早知班超为人，对他嘘寒问暖，礼敬备至，但隔了一段时间，忽然怠慢起来。班超很快察觉到必有隐情，说："大家是否觉得郑善国王最近对我们很冷淡呢？想必是北方匈奴也派有使者来到郑善国，意图笼络，使得郑善国国君不知所从。聪明人要在事情还没有萌芽的时候就发现它，何况现在事情已经很明显了。"

猜想终归为猜想，班超打算施计以验证。他把郑善国的侍者传唤过来，出其不意地问道："北匈奴的使者来有数日了，现在所在何处啊？"侍者十分惶恐，仓促间难以置词，只好把情况照实说了。班超此时已经有了应对的计策。他把侍者关押了起来，以防泄露消息，随即私自召集所有部下饮酒。估计士兵们喝得差不多了，趁着酒意正浓，班超故意激怒他们："大家与我都同在异国，都想要立功，以求发达富贵。但匈奴使者到此寥寥数日，就使得郑善王对我们如此冷淡，完全不把我们放在眼里，若再过些时日，说不定会将我们送给匈奴，到时我们的骨与肉可能就要被豺狼吞吃了，我们该怎么办呢？"所有士兵也都感觉到了危机，说："如今在危亡之地，我们的生死都由您调遣！"班超说："不入虎穴，不得虎子。当今之计，只有夜袭匈奴使者，以火攻之，使其不知我军有多少人马，趁乱迅速将他们杀了。这样一来，郑善王就会吓破胆，归顺于汉朝，我们也就成功了。"有人提出："是否应该和从事郭恂商量一下呢？"班超大怒，说："是生是死就在此一战了，郭恂胆小怕事，听后必然一口否定，会坏了大事。那样就算我们最后死了，也不会被称为壮烈之士。"众士兵一致称是。

　　当天夜幕刚至，班超就率领所有的将士直奔匈奴使者驻营。到达后，他按事先制定好的计划，10个人持鼓藏于匈奴驻营之后，其他人先隐蔽起来。待夜深敌人睡着、防备最低时再加以攻击，让敌人措手不及。当夜，天刮大风，班超顺风纵火，持鼓的人按约定，见火燃起后就猛敲鼓、大声喊叫，声势喧天。顿时匈奴人乱作一团，逃遁无门，他们不是死于箭下，就是葬身火海，经过奋力拼战，班超用少数人战胜了多数的匈奴人，达到了预期目的。班超还命人带3个匈奴使者的头颅回去，以威慑郑善王。

　　事后，班超首先将此事告知了郭恂。郭恂先是一惊，听说成功了之后又满脸的不悦。班超善于察言观色，他知道郭恂是心存嫉妒，便说将功劳分其一半，这才令郭恂容颜转怒为喜。当他们把匈奴使者的头颅拿给郑善王看时，郑善王为之一震，再经班超的一番劝导，便表示愿意归附汉朝，并且同意把王子送到汉朝做质子。班超就这样成功地完成了任务。

国家尊严高于一切

　　1801年7月1日，杜桑颁布了海地的第一部宪法。宪法宣布永远废除奴隶制。这时海地虽然没有公开宣布独立，但事实上已经独立了。骄横的拿破仑听说海地已经独立了，非常气愤。1801年10月，他组织起一支3万余人的远征军前去镇压海地人民，并扬言要在6个星期之内降伏杜桑。

面对强大的敌军，杜桑领导海地军民进行了英勇不屈的抵抗。法军进攻海地角，在城郊遇到顽强抵抗，战斗异常激烈，好不容易才攻入城池，却惊讶地发现这里已经是一座燃烧着熊熊烈火的废城，法军最后一无所获，白白浪费了很多炮火。杜桑号召海地军民说："法国人又要来奴役我们了，我们用鲜血和生命换来的自由，法国人没有权力把它抢走。我们要把城市烧光，把粮食毁掉，把路炸断，在水井中下毒，让白人看看他们到这儿来一手造成的地狱！"这一战略很快使法军陷入了困境，不得不灰溜溜地撤走了军队。

一天，杜桑得到报告，说他在法国留学的儿子回来了，正在一所种植园等着见他，一起回来的还有他的养子和他们的老师柯斯诺。杜桑已有7年没见这两个儿子，非常想念，便马上赶去看他们。一见面，柯斯诺就说："拿破仑将军很关心你，希望你归顺法国，回海地角去做副总督。否则你的孩子还得跟我走，他们会成为人质，一切后果都得由你自己负责。""你们看呢？"杜桑的脸色变得很冷峻，转身问儿子。"反正我要回法国！我看你最好还是听拿破仑将军的。"亲生儿子毫不犹豫地回答说。"我不走了。我要留下来和我的祖国一起战斗！"养子普拉西多回答。"好样的！"杜桑伸手拍拍养子的肩膀，随后对柯斯诺说："我必须忠于我的同胞和我的国家。至于我的孩子，就由你带走吧！"杜桑说完便带上卫队离开了种植园，法国人一个个瞠目结舌。养子普拉西多也跟着他走了，并且成了一名最勇敢的战士。

后来由于受到一名法国军官的欺骗，杜桑被捕了！杜桑被押上了法舰"英雄号"。站在甲板上，他愤怒地指着法国的三色旗说：

"你们的旗帜无非是背信弃义和横行霸道的遮羞布,它浸透了我们同胞的鲜血!"在狱中,敌人用尽各种办法使他屈服,但他始终坚贞不屈,誓死不和敌人合作。面对敌人的威逼和利诱,杜桑义正词严地说道:"你们毁灭我,只能使圣多明戈的黑人的自由之树得到浇灌。这棵树会重新成长起来,因为它的根很深、很多。"

1803年4月27日,杜桑在牢房里病逝了。他去世半年后,经过海地人民顽强不屈的战斗,终于收复了太子港等重要城镇,并于当年11月29日发表了《独立宣言》,使海地成为历史上第一个自由的黑人共和国。

秦桧卖国求荣

秦桧,字会之,江苏江宁(今南京)人,在南宋真宗的时代两居宰相,前后执政19年,期间一人独居相位,总揽军政大权,阻断视听,陷害忠良,是我国历史上非常有名的奸臣、卖国贼。

靖康之变后,秦桧及妻子王氏被金军俘获,押送到了北方。秦桧在金军大营中,对金军卑躬屈膝、百依百顺,对金太宗更是阿谀奉承,丑态百出,很快就获得了金人的信任。

南宋建立之后,抗金势力越来越强大,岳飞、韩世忠等将领屡次击败金军。这让金人非常恐慌,于是派出秦桧前往南宋内部充当内奸。秦桧回到南宋之后,一方面用花言巧语骗取宋高宗的信任,一方面极力结党营私,扩充自己的势力,很快就当上了宰相。

秦桧当了宰相之后,立刻提出与金朝议和,并代拟了求和信送至金朝。之后又在朝堂上提出"北人归北、南人归南"的主张,极力反对收复失地。秦桧的行为引起了大部分朝臣的反感,并被罢免

了官职。但高宗始终把他当作心腹看待，很快又将他推上了宰相之位。秦桧复位之后，又干起了卖国的勾当。他利用自己的权力和地位，勾结金朝，千方百计破坏抗金将领的活动。

他得知岳飞屡战屡胜，准备直捣黄龙府时，非常恐慌。于是，秦桧就极力劝说宋高宗发出命令，要岳飞从前线撤兵。此时的岳飞在前线等待高宗的进军诏令，没想到接到的却是朝廷催促退兵的十二道紧急金牌。岳家军走后，金军马上重整旗鼓，向南进攻。本来被岳飞收复的河南许多州县，一下子又丢得精光。

秦桧立刻派人与金议和，最终签订如下条约：宋、金之间，东面以淮河中流为界，西面以大散关（今陕西宝鸡西南）为界，以南属宁，以北属金；南宋向金朝称臣，每年向金朝进贡银25万两，绢25万匹。历史上把这次屈辱投降的和约叫做"绍兴和议"（绍兴是高宗的年号）。此次议和还有一个重要的条件，南宋不得无故撤换宰相。因此，秦桧更是有恃无恐。他继续打压残害抗金将领，独揽朝政，排除异己，将抗金名将岳飞以"莫须有"的罪名杀死。

秦桧一生，卖国求荣，作恶多端，最终背上了千古骂名，为世人所唾弃。

贾似道祸国殃民

贾似道，字师宪，南宋末浙江台州（今临海）人。他年轻时是一个游手好闲的纨绔子弟，后因姐姐入宫得到皇帝的宠爱而官运亨通，最后官至宰相。

贾似道为官之时，南宋政权已经极端腐败。1259年，蒙古军队发动对南宋的全面军事进攻。蒙哥汗亲率主力入四川，命忽必烈攻

鄂州（今湖北武昌）、兀良哈台攻潭州（今湖南长沙），三路并进以会师鄂州。大敌当前，宋理宗派贾似道领兵出战。贾似道惧怕战争，连忙私自向蒙古求和：划长江为界，南宋向蒙古称臣，每年向蒙古纳银20万两、绢20万匹。刚开始忽必烈并不同意，恰巧这时蒙哥汗突然过世，元军主将忽必烈为了能回师争夺汗位，就答应了议和条件撤退。贾似道见蒙古军主力已撤走，就出动大军拦杀了170名殿后的蒙古兵，谎报抗蒙成功，上表自夸战功，欺骗了理宗。理宗对贾似道大加赞赏，封他为少傅、右丞相，将其召回朝中。此时南宋全国上下都被贾似道所蒙骗，以为他是一个能征善战、为国尽忠的名相。

　　1264年，理宗去世之后，度宗在贾似道的扶持之下即位登基，对贾似道言听计从。第二年，加封贾似道为太师、魏国公，贾似道权倾朝野，更加飞扬跋扈。另一方面，忽必烈即位之后，就派使者来敦促贾似道履行议和约定。贾似道怕事迹败露，就扣留了来使。由此，蒙古也再度对南宋用兵。1267年，蒙古军队围攻军事重镇襄阳、樊城，意图长驱直入，灭亡南宋。两城军民坚守数年，但贾似道却对军事不加理睬，专心享乐。随着元军的攻势不断加强，在朝廷上下的压力之下，1275年，贾似道不得不率兵出击元军。但当他率领大军来到前线的时候，所想的第一件事情仍然是求和。但元丞相伯颜以贾似道曾经失约为理由拒绝了他的要求。无奈之下，贾似道硬着头皮下令出战。13万宋军在池州（今安徽贵池县）跟元军一开战就大溃败，宋军主力瓦解，贾似道狼狈逃往扬州。兵败之后，全国百姓都深恨贾似道的所作所为，想杀之而后快。南宋朝廷迫于百姓的声音，将贾似道罢官，贬往广东。在漳州的时候，押解贾似道的官员为民除害，私下将贾似道处死。

　　贾似道死后，南宋百姓无不拍手称快。这个曾经呼风唤雨又浑浑噩噩的卖国宰相最终难逃人民的制裁。

多行不义必自毙

春秋时期,郑国的国君郑武公娶了申国国君的女儿姜氏为妻。两年后姜氏给郑武公生下了两个儿子,大儿子叫寤生,因为是难产,所以姜氏很不喜欢大儿子,小儿子叫共叔段,独得母亲的全部宠爱。

因为姜氏只喜欢小儿子,所以在郑武公在世的时候她就很想让郑武公将大儿子的太子资格给废除掉,改立小儿子当太子,但都被郑武公以大儿子没有犯什么错误不能改立的理由拒绝了。

后来,郑武公去世后,大儿子寤生当上了郑国的国君,历史上称他为郑庄公。姜氏见大儿子当上了国君,认为自己的小儿子受了委屈,就叫郑庄公将制这个地方封给共叔段当封地。郑庄公很为难地说:"制是一个很险要的地方,弄不好会送命的,以前虢叔就是在那里死掉的,我看弟弟去那里不太好吧?不如您另选一个地方,只要您吩咐我就一定照办。"于是姜氏就要郑庄公将京封给自己的小儿子,郑庄公很爽快地答应了。

共叔段到了京这个地方之后,认为城池的规模太小,不够气派,于是就仗着自己有母亲撑腰,擅自做主将京这个城池扩大了许多。消息传回都城之后,郑国的大夫祭仲对郑庄公说:"听说共叔段将京扩大了许多,这是很不妥当的。一个国家,除了都城之外,其他的城池范围如果超过300丈就会成为国家的祸根。按照规定,都城之外的城池建设规模,最大的不能超过国都的三分之一,中等的不能超过五分之一,小的就不能超过九分之一,而现在共叔在京却把城池建得和国都的规模差不多,将来对大王很不利,请大王一定要小心啊。"郑庄公听了祭仲的话,很无奈地说:"我知道大夫说得很正

确,可是这些都是我母亲的主意,我有什么办法?"祭仲很严肃地说:"大王的母亲溺爱小儿子共叔段,这是大家都很清楚的。为了小儿子的愿望得到满足,她会对大王提出更多的要求,哪里还会有止境呢?大王如果不趁早做准备的话,将来一定会出现祸端的。要知道野草不加以控制都还要到处蔓延,更何况大王您的那位宝贝兄弟呢?"郑庄公点点头说:"我知道了,要知道坏事做多了,就一定会自取灭亡的,大夫你就等着看好了。"

过了一段时间,共叔段见郑庄公没有追究自己私自改建京城的事情,胆子就越来越大了,竟然悄悄通知郑国西方和北方边境上一些城池的官员,必须暗中服从自己的命令,不许接受郑庄公的指令。这件事传到国都后,大臣中另一名大夫公子吕认为情况很不妙,于是对郑庄公说:"大王,常言说一个国家不能有两个君主,现在您的弟弟竟然命令边境上一些城池服从他的命令,这样不就出现了一个国家两个国君的情况了吗?您到底打算怎么办呢?如果您打算将王位让给您的弟弟,那么我就去投奔共叔段;如果您没有这样的打算,那么就请您立刻制止这种情况的发生。"可是郑庄公还是劝公子吕要有耐心,不要太着急,自己不用采取什么行动,共叔段就会自作自受的。

又过了一段时间,共叔段看事情还是很平静,就公然将边境上的几个城池划归自己管理,并开始修筑城墙,囤积粮食,招兵买马,扩充军备,一副准备打仗的样子。这时候公子吕更着急了,他告诉郑庄公事情已经发展得越来越坏了,请郑庄公赶紧想办法解决这个问题,否则就一定会出事的,那时如果老百姓倒向共叔段一边的话,对郑庄公就太不利了。郑庄公仍然不急不慢地说再等等,并告诉公子吕说,共叔段的这种行为是对国家不利、对亲人不义、对国君不忠、对国民不仁的做法,一定会让老百姓反感的。他的野心越大,占的地盘越多,灭亡的日子也就越近了。

后来，共叔段认为自己一切都准备好了，就派人悄悄进都城找到母亲姜氏，让母亲和自己里应外合，废除郑庄公，自己登位当国君。而这位只偏爱小儿子的母亲居然答应了小儿子的荒唐无理的要求，准备废除大儿子。郑庄公知道他们的阴谋后，告诉公子吕，现在时机已经成熟了，可以发兵了。于是公子吕在郑庄公的命令下，率领200乘战车前去攻打京城。因为京城的百姓们对共叔段的行为十分不满，所以根本不愿意替共叔段卖命守城，共叔段很快就被公子吕打败。共叔段随后逃到了鄢城，公子吕率兵追到了鄢城。共叔段又逃往共地，公子吕仍然紧追不舍，共叔段在无路可走的情况下，只好自杀了。

二、勤奋励志故事

勤奋，即不懈地努力学习和工作；励志，即奋发志气把精神集中在某方面。我们应从小就树立崇高、远大的理想和抱负，并为实现它们而努力拼搏、奋斗终生。

学古训

路漫漫其修远兮,吾将上下而求索。

出自战国楚·屈原《离骚》。修:长。路途遥远而漫长,但我还是要继续努力去追求。比喻虽然理想的实现遥遥无期,但是还要继续为之努力,不舍弃。用来教导人们为了理想要坚持不懈地努力追求。

天行健,君子以自强不息。

出自《周易·乾》。天行:天道,指自然的运动。健:刚健。自然界的运动刚健强劲,君子应该以此为法则,自己努力向上,不松懈,不停息。用来强调做人要自强不息。

不积跬步,无以至千里;不积小流,无以成江海。

出自《荀子·劝学》。跬:半步,举脚跨一次为跬,跨两次为步。不积累无数的半步,就不能到达千里远的地方;不积累无数的小溪流,就无法形成大江河。比喻渊博的知识是由一点一滴的学问积累起来的。用来强调凡事要注重积累,从一点一滴做起。

操千曲而后晓声,观千剑而后识器。

出自南朝·刘勰《文心雕龙·知音》。意思是练习一千支乐曲之后才能懂得音乐,观察过一千柄剑之后才会识别兵器。用来说明成功是需要自己不断努力、练习的。

勤有功,嬉无益。

出自宋·王应麟《三字经》。嬉:懒散。勤劳就会有所收获,懒散没有什么好处。用来强调勤劳的重要性。

❖ 看 故 事

大教授也会犯错误

华罗庚上小学的时候就十分喜欢数学,但仅仅是课堂的东西已经远远不能满足他强烈的求知欲,因此他除了认真学好老师上课讲的知识,还在课外自学更高层次的东西。他的数学老师是位很有专业素养的老师,为人也很好。因为小华罗庚的勤奋好学和数学天资,老师十分喜欢他,经常把自己的书和杂志借给华罗庚看。华罗庚也很愿意把自己的想法讲给这位老师听,因为老师从来都不笑话他,哪怕是他那些显得异想天开的想法,还认真帮他分析解决。

一天,华罗庚从老师家拿回最新一期的数学杂志,回到家后连饭都顾不上吃就如痴如醉地看了起来。妈妈进来叫他吃饭他都不理睬,只见他反反复复地在算一道题。他在杂志中发现一个错误。这篇论文是当时一位很著名的教授所写的,他不敢相信这是真的,所以反复运算求证,但无论怎样算,还是不能证明教授所写的观点。第二天,他在心里打着问号去找老师,华罗庚问老师:"您说大教授会有错误吗?"老师回答说:"当然,谁都有可能犯错误的。"听了这句话,他才放心地对老师说:"在您昨天借给我的杂志里我发现一个错误的地方。"老师听了也很惊奇,和他一起看了之后发现确实是错了。于是就鼓励华罗庚写成论文,在老师的帮助下,华罗庚将自己的看法写成文章寄给杂志社。

从这以后,华罗庚就天天盼着能有回信。不久,传达室的人通知他去领邮包，华罗庚的心不由"怦怦"跳起来，果然是那家杂志社邮寄过来的，除了他发表的文章外，还有一封表扬信。华罗庚高兴地跳了起来。从此以后，他更加上进，勤奋好学，不论任何艰苦条件下都坚持学习，终于成为一个大数学家。

熊渠子刻苦练箭

西周时期，楚国有个酷爱射箭的青年，名叫熊渠子。熊渠子从小就拉弓习箭，刚开始的时候，他力气小，射出的箭不成直线，轻飘飘地飞行一段就从半空落到地上，根本不能达到既定目标。因此，他开始锻炼臂力。

过了两年，熊渠子便练得虎背熊腰，可以拉出满弓、射出远箭了，可他射出的箭却常常偏离中心，有时候一连几箭射空。于是，熊渠子又加紧练习眼力，每天勤奋刻苦，坚持不懈。终于，熊渠子射出十箭，有七八箭都会射中目标，他的箭法已经十分娴熟。对此小小的进步，熊渠子并不是十分满足，因为他希望自己手中射出的箭能百发百中。他不断地练习，却好像被卡在了瓶颈，就是不能提高。熊渠子左思右想，找方法，下工夫，可还是没什么效果，这令他非常苦恼，于是就去向别人请教。

熊渠子找到当地的一位贤士，请教说："我习箭多年，自以为尽了最大的努力，每天起早贪黑，苦思冥想，可就是达不到百发百中，我不明白这是为什么，难道真的是我能力有限，成不了射箭高手吗？"那个人摇摇头，笑着说："不然，你现在是靠你的技术射箭，十有七八射中目标已属不易，但这不算高明的射手，高明的箭手都是靠心去射每一支箭，这就是你所欠缺的。"

熊渠子听了教导，回去细细品味、反复揣摩，更刻苦地练习。一次，熊渠子与人在山路上前行，猛然看到树丛中卧着一只老虎，众人大吃一惊，更有人调头就往回逃。熊渠子静下心来：我有弓箭在手，何必害怕。随后他操起长弓，集中注意力，对准丛林中的猛虎一箭飞出，"嗖"地击中老虎，可老虎却毫无反应。熊渠子认为这一箭至少会射伤猛虎，可它却一动不动，这令熊渠子大惑不解，便同两个人走上前一看，原来是一块像老虎的石头。石头上插着一支箭，正是熊渠子刚刚射出的箭，那支箭竟然射入坚硬的石头中去了，而且一直到箭翎，众人都惊讶地看着熊渠子。

这件事很快被传扬开来，人人都为熊渠子的高明箭术叫绝。熊渠子也霍然明白：只要集中精力，有必胜的信心迎战，就一定会取得胜利。

列御寇守贫保身

列御寇，东周威烈王时期郑国圃田人。他是战国早期著名的思想家和寓言文学家。那时，由于人们习惯在有学问的人姓氏后面加一个"子"字，表示尊敬，所以列御寇又称为"列子"。

列子青年时代求道十分执著认真，起初从师壶丘子，后又问道于老子亲传弟子关尹子，还曾拜商氏为师。他继承了老子的学说，又加以发扬光大。传说当他潜心修道时，能够"御风而行"。他常在立春之日"乘风游八荒"；在立秋之日返回住所"风穴"。

一次，一位列国使者入郑拜访列子时，发现这位自己仰慕的有道之士家里很穷，经常是在饿着肚皮的情况下埋头做学问。于是就对郑相子阳说："列子是一位有道之士，他住在你的国家里却过着贫穷的生活,这不正说明你不好贤士吗?"于是子阳便派使者送一些钱粮给列子。列子知道使者的来意后谢绝了。使者走后,列子的妻子惋惜地说:"我听人家说,做了有道之人的妻子,便可得到享乐,可是如今我连肚子也吃不饱。官府送钱粮来,你又不接受,难道我们天生就是贫穷的命吗?"列子笑着回答道:"子阳并不是真正地赏识我,他只是听了别人的话才送钱粮给我的,因此他将来同样会听了别人的话而加罪于我,这就是我不能接受他馈赠的缘故。"果然子阳是一个十分残酷的人,动辄随意加罪于人,后来终于被国人杀死了。

列子一生安于贫寒,不求名利,不进官场,隐居郑地40年,潜心著述20篇,约10万多字。现在流传的有《列子》一书,其中《愚公移山》、《纪昌学射》等脍炙人口的寓言故事,可谓家喻户晓,广为流传。

悬梁刺股苦读书

孙敬是汉代有名的政治家。他居住在河北冀县,是当地远近闻名的勤奋好学之人。孙敬读起书来从早到晚足不出户,也不爱与朋友邻里们来往,就只是关上房门手持书本一个人不停钻研,常常通宵达旦,夜以继日,甚至一连几晚都不睡觉,所以被当地人称为"闭户先生"。

人的精力是有限的,孙敬由于长期神经疲劳,所以夜间读书时常常感到困倦,老是不停地打瞌睡。这令孙敬很恼火,觉得浪费了他宝贵的读书时间,但一直又想不出什么好的方法来。

一天,孙敬读书读到深夜,困意又一次袭来,他不知不觉就倒在桌子上睡着了。不知过了多久,孙敬从睡梦中醒来,他想起身继续读书，但实在太困，头也抬不起来，眼睛也睁不开，他非常自责，用手生气地扯自己的头发。当他用力扯头发的时候，疼痛立刻激醒了神智，于是孙敬心头一亮，想到了好主意。他找出一条绳子，一头拴在家里房梁上，另一头系在自己发髻上，长度控制在书案之上，恰好令他无法低头。等到打盹儿的时候，头一接近书案，绳子就会紧绷，扯得头发生疼，让他顿时清醒，继续读书。孙敬就是凭着这种不眠不休、勤奋刻苦的精神，终于成为一代儒学大师。

战国时期还有一位伟大的政治家名叫苏秦，他年轻气盛、雄心壮志，一心想做大官、效忠朝廷，以"了却君王天下事，赢得生前身后名"。他带着自己满腔抱负四处拜访，可跑了好多地方，都因为出身卑微、家境贫寒而屡屡得不到提拔和重用，并常常被人瞧不起。苏秦很难过地回到家，却又被家人讥笑，于是他决心发奋读书，让自己成为一个博学多才的人。

在一股坚定信念的支持下，苏秦开始潜心钻研兵法。他经常闭门苦读，屋里的油灯也一夜一夜地燃着。但苏秦对此还不满足，因为在夜间读书时，每到某个钟点，就有一阵困意袭来，令他不停地打瞌睡，可却没有什么办法制止这种困意。后来，他为自己准备了一把锥子，每到困意侵袭的时候，就一边骂自己没出息，一边用锥子刺向大腿，困倦越重刺得越用力。所以，他的腿上经常鲜血淋淋，这不仅驱逐了睡意，而且令人更加清醒，苏秦十分满意。从此往后，苏秦就采取这种引锥刺股的办法使自己振奋精神，刻苦学习。

经过一年的苦熬，苏秦熟读了姜太公兵法，掌握了各种军事、政治、地理知识，其中尤为精通周书《阴符》，并从中领略到了如何投主人所好的奥秘，摸索出一套游说的策略。于是，他去燕国进见文侯，提出合纵主张，后又游说六国联合攻秦，担任纵约长，"并相六国"，成为名传天下的大纵横家。

朱买臣坚持不懈

朱买臣是汉武帝时期一位虔诚的读书人，他坚持不懈地勤奋读书，成为当时读书人的典范。

朱买臣家境不好，与妻子靠卖药材过着艰苦、清贫的生活。他不善经商，也从未有过发财致富的心思，唯一的爱好就是读书，他认为"书中自有黄金屋"。家中卖药材的小店全靠妻子一人经营，他自己却全心投入书本中，即使是背柴买米时，也一边走路，一边诵读诗书。妻子非常讨厌朱买臣这种附庸风雅、自命清高的样子。她觉得自己的家中已经如此贫困了，可丈夫却始终在读那些无用之书，还好意思大声诵读。因此，她时常提醒朱买臣，劝他改变改变，力求经商致富。可朱买臣觉得这样的生活有滋有味、自得其乐，他不但没有听从妻子劝告，反而更加勤奋读书。

朱买臣的妻子实在忍无可忍，道不同不相为谋，于是决定与丈夫分手，各奔前程。朱买臣倒也不强留妻子，他笑着对妻子说："我到五十，一定大富大贵，今年已经四十多岁，等不了多少时候了。你跟随我多年，吃了不少苦，受了不少累，希望你今后能过上好日子，待他日我富贵了，一定设法报答你待我的夫妻恩情。"

妻子早已对朱买臣失望了，不愿再听他什么大富大贵的荒唐言辞，收拾东西离他而去。妻子走后，朱买臣依然我行我素，丝毫不曾改变。

一天，朱买臣遇到前妻，她正与新夫一起上坟。看到贫困潦倒的朱买臣，前妻心里十分可怜他，就招他一起吃饭。朱买臣倒也不客气，给吃就吃，给喝就喝。前妻见此情景，只得无奈地摇头叹气。

其实，朱买臣内心并不认为自己一无是处，他相信自己不是平庸之辈，有朝一日，定能一飞冲天，于是，他更下苦心钻研学问了。

过了数年，朱买臣得到被汉武帝召见的机会。他拜见武帝，不慌不忙，侃侃而谈，说《春秋》，言《楚辞》，深得汉武帝欢心，立即下令召他为谋臣。朱买臣终于到了出头之日，可以一展抱负了。

水滴石穿

竺可桢是我国著名的气象学家和地理学家，是中国近代气象事业创始人之一。然而，或许你想不到，这个成功而伟大的人背后，却由一句平凡的座右铭"水滴石穿"支撑着。

1890年3月，竺可桢出生在浙江绍兴东门外的东关镇。父亲竺嘉祥见他长得又白又胖，非常高兴，就给他起了一个名字，叫兆熊。可是父亲又觉得还是应该给孩子取个学名比较好。后来，他请来了镇上的私塾先生。两个人想来想去，最后决定用"可桢"作为孩子的学名。

小可桢长到一岁半的时候，父亲便开始有目的地教他认字、写字，小可桢也十分明白父亲对自己的期望，每次都按照父亲的教授认认真真地练习着。

有一天，父亲要到外地去办事，临走时对小可桢说："小熊，今天我要出去办事，放你一天假，明天再教你习字好吗？"小可桢可不依，拉着父亲的衣角，让父亲教他认完字才能走。竺可桢勤奋好学的习惯就是这样养成的，他满3岁的时候，就已经能认识许多汉字了，还能背诵不少唐诗呢。

5岁那年，竺可桢便进了学堂，跟着私塾先生学《三字经》、

《百家姓》及"四书""五经"等。竺可桢的哥哥竺可材比他大14岁,是镇上的秀才,也是小可桢的老师。兄弟两个天天在一起,一个教一个学,小可桢天天都有长进。

有一天晚上,哥哥教弟弟写作文,小可桢写了一觉得写得不好,便会再一遍又一遍地反复写着,直到觉得十分满意了,才停下笔来。待他们上床休息时,鸡已经鸣叫了。嫂子埋怨哥哥说:"弟弟年龄还这么小,不应该对他要求那样严格,万一把身体累坏了可怎么办呀?"哥哥却说:"我没有逼他呀,是他对自己要求严格。写得不好就不能对自己满意,所以不肯睡觉。"

小可桢不仅特别喜欢学习,还喜欢动脑筋。他的家乡经常下雨,有时一下就好几天。每当这个时候,他就喜欢趴在窗前或蹲在屋门口看下雨。有一次,他正在聚精会神地蹲在门口看着从房檐上滴下的雨滴。他顺着雨滴往下看,突然惊呆了。原来,他发现门口的石板上有一排小坑,水滴落下来的时候正好落在坑里。究竟是怎么回事呀,雨点怎么会正好掉在那小石坑里面呢?想了许久,也没有想出答案来,于是他跑去问妈妈。

妈妈一听小可桢的问题,微笑了起来,她和可桢一起来到屋檐下,对着雨滴向儿子解释道:"小熊呀,这就叫'水滴石穿',那一个个小坑就是被雨水滴落下来形成的,而不是有人敲出来的。"

"真的吗?为什么水滴那么厉害呀?"小可桢歪着头好奇地问。

"一滴水虽然没有什么力道,可日久天长就能把石板滴出一个小坑来。"母亲循循善诱地教导着可桢,"孩子,读书、办事情,也是这个道理,只要持之以恒,坚持下去就会有所成就的。"小可桢点了点头,牢牢地记住了母亲的话。

从此,"水滴石穿"这一格言成了竺可桢的座右铭,激励着竺可桢走得更远、飞得更高。

司马迁忍辱著《史记》

《**史**记》被后人誉为"史家之绝唱,无韵之离骚",它是我国第一部纪传体通史,史学家司马迁为这部不朽的历史巨著倾注了毕生的精力。

司马迁出生在一个世代为史官的家庭,父亲司马谈是掌管天文、历法和历史文献的太史令。父亲过世后,司马迁继承父亲的志向,于汉武帝时入朝做了太史令,公元前104年开始著述《史记》。

为完成这部史书,司马迁夜以继日忘我地写作,并拒绝了一切应酬,全身心投入其中,但一场大祸却突然从天而降。公元前99年,与司马迁同朝为官的李陵,在与匈奴的战争中因寡不敌众,矢尽粮绝,援兵不到而战败被俘,最终投降了匈奴。这个消息传回京城,汉武帝听了大怒,认为李陵贪生怕死,有辱大汉颜面,即下令杀了李陵全家。

司马迁为此深感不平,他与李陵虽无深交,但对李陵的为人一向很敬佩,再则司马迁又是一位仗义执言的人。因此,在所有官员都畏首畏尾、退避三舍时,司马迁却挺身而出,细数李陵之功,认为汉武帝的做法太过分。汉武帝勃然大怒,下令把司马迁投入大牢,判以死刑。

当时司马迁的《史记》还未完成,他心急如焚,担心自己死了无人接着著书。依汉朝法令,死刑有两种减免办法:一是用钱赎罪,一是"减刑一等",受宫刑。司马迁官小禄薄,家中无钱,而宫刑又是对人体的摧残、对人格的侮辱,面对如此现实,司马迁悲痛欲绝,但他转念想到编写《史记》的重任,便决意接受宫刑。他曾在狱中给好友任安写信时，这样说过："……人固有一死，或重于泰山，或轻于鸿毛……"正体现了他当时心中的不满及隐忍苟活的原因。

接受宫刑之后，司马迁极度痛苦，他几番想到人生无味，想自杀以求解脱，但撰写《史记》的崇高理想激励着他，令他顽强地生活了下来。

不久，汉武帝冷静下来，觉得对司马迁的处分有点过分，就赦免了他，让他做中书令。司马迁接受了这个卑微但可以为他提供便利的职务，因为中书令为皇帝掌管文书，起草诏令，可以随时接触到皇家书库收藏的大量图书和档案资料。就这样，司马迁继续忍辱发奋、昼夜不眠地辛苦了8个春秋，历史巨著《史记》终于完成。成书之日，司马迁已是一位花甲老人了。

董遇寒夜苦读书

董遇是三国时期著名的学者，他一生酷爱读书，常常手不释卷，已经达到了废寝忘食的地步。

有一年冬天，天气很寒冷，西北风"呼呼"地刮个不停，外面连一个人影都见不到。此时此刻家家户户都已进入梦乡，只有董遇还在埋头苦读。他伏在案上全神贯注地看书，任凭西北风怎么刮，他都一动不动地坐在那里。他忘记了这时已是夜半时分。

由于长时间盯着书看，董遇的双眼开始感到疲劳。忽听"砰"的一声，门被吹开了。他想去关门，可是腿已冻得麻木，不听使唤，一步也挪不动，只好伸手扶案，支撑住身子，一摇一晃地走到门前。凛冽的寒风扑面而来，他使出好大的力气才把门关严。然后回到窗前坐下，继续苦读。

时间一分一秒地过去，董遇感到有些困倦，于是他急忙抬起头，深深地吸了一口气，放下手中的书。他把双手举过头顶，放松了一下筋骨，可是，仍然觉得疲倦，思维也不像刚才那样敏捷了。于是，他到水缸里舀了盆冷水，沾湿毛巾，贴在脸上。冰凉的毛巾敷在脸上确实使他感到清醒多了。他又挽起袖子，用毛巾在脖子上、胳膊上擦着，擦洗完，继续翻开书，又开始一字一字地读。

董遇书读得多了，知识渊博了，名气也渐渐大了起来，人们纷纷前来向他请教。当人们让他讲书时，他却说书一定得自己读，而且要反复地读，这才能体会到其中真正的含义。有人反驳说那样太浪费时间，每天有干不完的事，哪有时间读书呢？董遇说时间是有的，就是看人愿不愿利用而已。

崔鸿对月苦读

崔鸿是南北朝时期的著名历史学家，他曾编著过《十六国春秋》，这部珍贵的历史文献以优美的文笔流传至今。

崔鸿从小就勤奋学习、刻苦读书，知识非常渊博。

崔鸿小时候酷爱读书，常常废寝忘食。后来由于父亲受贿被追查，家境败落下来，再没钱去买书了。当家中的藏书读完之后，他只好向别人借书来读。借的书一般都催要得很紧，为了既按时还书又能把书读一遍，崔鸿决定将书抄下来读。他节衣缩食，把省下来的钱用来买纸。晚上抄书读书要耗费很多的灯油，崔鸿家境贫寒，无钱买油。一天夜里，灯油已经耗尽，崔鸿的母亲已经睡下了，崔鸿不得不放下手中没有读完的书。他躺在床上，心里还在想着没有看完的书，难以入眠。

崔鸿翻身下床，信步走到门口，突然眼前一亮。他抬头一看，原来天空晴朗，一轮明月当空，将大地照得如同白昼。他把刚才没有看完的书拿来，借着月光展卷阅读，字句竟清晰可辨。崔鸿高兴极了，这下他又能读书了。

崔鸿急忙跑进屋里，搬出一张小凳坐在月光下，认真地读起书来。不知不觉，崔鸿发觉书上的字迹逐渐模糊了，他抬头一看，原来月光已经移动了。于是他也移动小凳，追随着月光读书。就这样，月光不断移动，崔鸿也随之不断移动。直到月亮渐渐西斜，光线暗淡了下来，书上的字实在看不清了，他才恋恋不舍地放下书本，回屋睡觉。

从那以后，每当皓月当空，月光明亮的时候，崔鸿就来到院中借着月光读书、抄书。有时为了追随月光，他竟然坐到院门外面还不知道。

铁杵磨成绣花针

唐朝大诗人李白出身于一个富商家庭，从小就过着无忧无虑的生活。这种生活使他养成了贪玩的习性，又加上他有些害怕困难，认为书那么多，那么难懂，一辈子也学不好，所以他上课不认真听讲，常常是人坐在书桌前，心早就飞到外边去了，有时甚至索性丢下书本，偷偷地溜到外边去玩。

一天，李白又没去上学，和往常一样，在大街上东瞅瞅、西看看，哪里好玩就到哪里去。就这样，他不知不觉地来到了城门外。在一个破茅屋的门口，李白看见了一位老婆婆，只见她坐在磨刀石旁的矮凳上，双手托着一根粗大的铁杵，在磨刀石上一下一下地磨着，神情专注，以至于李白在她跟前蹲下的时候，她都没有发觉。

　　李白觉得很奇怪，不知道老婆婆在干什么，便好奇地问了一声："老婆婆，您磨这根大铁杵干什么呀？""哦，我要把这根铁杵磨成一根绣花针。"老婆婆抬起头，看了看李白，和蔼地笑了笑，接着又低下头继续磨了起来。

　　李白还以为自己听错了，赶忙问了一句："绣花针？老婆婆，您说的是缝衣服用的绣花针吗？""当然！"老婆婆十分肯定地回答。

　　李白一听，哈哈大笑起来："这么粗的大铁杵磨成一根绣花针，这可不容易啊！老婆婆，您是在开玩笑吧？"

　　没想到，老婆婆却认真地说："不，不是开玩笑。我正是要把这根铁杵磨成细小的绣花针呢。"

　　见老婆婆这样说，李白更加迷惑了："可是，看您磨得这么费力，要到什么时候才能磨成啊？"

　　这时候，老婆婆抬起头来，慈祥地望着他，说："孩子，你说得对，这根铁杵又粗又大，要把它磨成针的确很困难。可是只要我每天不停地磨呀磨，总有一天，我会把它磨成绣花针的。"

　　"可是，您的年纪已经这么大了，还能来得及吗？"听了老婆婆的回答，李白还是有些怀疑，又追问了一句。

　　老婆婆看着李白的眼睛，语重心长地说道："滴水可以穿石，愚公可以移山，这根铁杵为什么就不能磨成绣花针呢？孩子，你要记住，只要坚持不断地磨，铁杵总会越来越细。只要功夫深，铁杵也能磨成针啊！"

　　李白听了老婆婆的这些话，一下子明白了许多道理，心想："老婆婆年纪那么大，还有决心把铁杵磨成针，我小小年纪怕上学，还不如她啊。一个人只要有恒心、有毅力，一直坚持下去，这个世界上还有什么事情是做不成的呢？虽然现在书中有很多看不明白的地方，但只要自己坚持学习，不要放弃，总有一天是会读懂的呀！"于是，他拔腿便往家跑，回到书房，重新翻开原来那些自己看不懂的书，全神贯注地读了起来。

从那以后，他始终牢记着老婆婆说过的话，再也没有逃过学。经过长时间的刻苦读书，李白的知识越来越渊博，终于成为我国历史上名垂千古的一代"诗仙"。

黄霸狱中学《尚书》

黄霸，字次公，西汉时期淮阳阳夏（今河南太康）人。他少年时学习十分刻苦，不论盛夏酷暑，还是冰天雪地，都不间断地学习，20岁时中了进士。汉武帝末年，他做了河南太守。在任期间，他实行宽民利农的政策，把管辖的地方治理得井井有条，深得百姓的爱戴和拥护。他因政绩突出，名声大振，被召到朝廷做官。汉昭帝死后，刘询继位，历史上称汉宣帝。

第二年，宣帝为了宣扬汉武帝的功绩，以表明自己尊敬祖先的心愿，准备为武帝建一座庙堂。宣帝把这件事交给大臣们去讨论。大臣们都知道宣帝好大喜功，于是发出一片赞同之声。但是，有一个叫夏侯胜的大臣站出来反对。他慷慨陈词道："陛下，武帝在扩大领土方面对国家有奇功，但国家的财力、物力也因此几乎耗尽，老百姓更加贫困，这时正需要休养生息，所以，臣以为不该为武帝立庙堂。"夏侯胜的话刚一说完，众大臣纷纷责备他对先帝不敬。夏侯胜据理力争，他说："作为皇帝的大臣，应该坦率地说出自己的意见，这才是尽忠。我这样做了，即使被处死，也决不后悔！"众大臣更说他大逆不道。

当时只有黄霸对夏侯胜的话毫不动怒，一声不吭。汉宣帝大为震怒，立即下诏将二人关进大牢，并准备斩杀这两个"大逆不道"的臣子。

夏侯胜是一位忠臣，更是一位饱学之士，他尤其精通《尚书》。黄霸与夏侯胜关在一个监狱里，他就利用这个机会向夏侯胜学习，并拜他为师。一天，黄霸诚恳地对夏侯胜说："您对《尚书》的研究很深刻，请您教我学《尚书》好吗？"夏侯胜入狱后一心等死，情绪十分低沉，听了黄霸的话后，苦笑道："你我都是犯了死罪的人，说不定明天就会被砍头，你还有什么心思学《尚书》呢？再说，学了又有什么用？"黄霸说："孔子说过，'朝闻道，夕死可矣'！如果一个人能在生前多学一些东西，那么死的时候也会心满意足、无怨无悔了！"一席话感动了夏侯胜，于是夏侯胜决定振作起来，并同意收下黄霸做自己的学生。就这样，黄霸在狱中开始向夏侯胜学习《尚书》。黄霸学而不厌，刻苦认真，终于在狱中把深奥难懂的《尚书》吃透了。夏侯胜诲人不倦，在教黄霸的同时，温故知新，又悟出了许多新见解。就这样，两人在狱中一教一学，整整度过了3年，直到大赦出狱，两人成了知交。出狱后，夏侯胜出任谏议大夫，他立即举荐黄霸。不久，黄霸也出任扬州刺史，后官至御史大夫、丞相，终于得以一展抱负。

梅花香自苦寒来

梅兰芳先生是我国京剧史上成就最为辉煌的表演艺术大师之一。虽然他有很好的艺术天赋，但是他仍然虚心求教、刻苦钻研、精益求精。

梅兰芳年轻时，曾经满怀希望地去拜一位名艺人为师，但是这位名师当场就拒绝收他做徒弟。名师告诉他:"你的眼神很呆板,像一对'死鱼眼睛',没有培养前途。"

　　名师的话并没有动摇梅兰芳学习京剧的决心,从名师那里回来后,他便买来几只鸽子养在家中。每天一清早,就起床去照料它们,给它们喂食,然后放飞。鸽子越飞越高,越飞越远,梅兰芳就站在鸽子棚旁边,眼睛随着鸽子的飞翔而转动,直至鸽子的踪影消失在蓝蓝的天空中。一段时间以后,梅兰芳登台演出,专门邀请那位名师来观看。名师看后,惊得目瞪口呆,以为有哪位神灵在暗中帮助他。原来,梅兰芳的那双"死鱼眼睛"不见了,舞台上的他有一双神采飞扬、顾盼生辉的"慧眼"。于是名师便不解地问他:"这么短的时间,怎么发生了这样惊人的变化?"梅兰芳就把养鸽子的事告诉了他,名师深受感动,高兴地收他为徒。

　　梅大师成功地扮演过很多妇女的角色。可是最初,他总觉得自己对女人吃惊神态的表演不够理想,尽管他多次练习,还是不能将女人猛然吃惊的神态恰如其分地表现出来。

　　一天,他回到家中,看到妻子正在聚精会神地整理衣服,忽然想到,如果冷不防地发出一声巨响,她必然会大吃一惊,一个女人吃惊的神态不就自然而然地表现出来了吗?于是,他随手拿起身旁的一只花盆,狠狠地往地上一摔。"哐啷"一声,妻子被吓得惊叫起来:"哎呀!"手中的衣服也被扔在了地上。在这一瞬间,梅兰芳准确地捕捉住了妻子的神情、动作。他据此反复琢磨、练习,将女人受惊后的神情、动作,恰当而又巧妙地融进了有关的表演中。

　　梅兰芳先生之所以有这样的成就,都是他不断努力的结果,正如他自己所言:"我是一个拙笨的学艺者,没有充分的天才,全凭苦学。"

西行取经的玄奘

大家都听说过《西游记》的故事吧?《西游记》中唐僧这个形象,是根据一个真实的人物写成的。他就是唐朝的高僧玄奘。玄奘本来姓陈,他的父亲曾经做过县令。玄奘从小就非常聪明,很早就对佛学产生了浓厚的兴趣。在 10 多岁的时候,他就决心投身佛门。当了和尚之后,每天更是废寝忘食地学习各种佛教典籍,对佛理的研习很快就入门了。

玄奘 28 岁时,已经是当时很有名的佛门弟子,大师们都对他勤奋的精神和广博的学问交口称赞。可是,他对佛学理论研究得越深入,就越来越发现当时对佛教经典的解释有很多不一致的地方,而且在翻译上也有问题。这时,他听说佛教的发源地天竺有一位非常了不起的高僧叫戒贤大师,就想到他那里去求取真经,学习佛理。于是,公元 629 年,玄奘从长安出发,踏上了西行的漫漫征途。

玄奘走在去西天取经的路上,虽然是孤身一人,他却不觉得孤单害怕,因为求取真经的壮志给了他无限的勇气。在路上,玄奘曾经遇到强盗,他临危不惧,最终逃离了强盗的控制。当然,他也遇到了好心的人,他们被玄奘的勇敢和坚毅深深感动了,给了他很多无私的帮助。一位老翁还把自己识途的老马送给了他。

不知道过了多久,玄奘进入了大沙漠。身上带的水喝完了,他又累又渴,两条腿瘫软了,跌坐在地上。再这么下去,他可能就要渴死了,那匹老马也累得几乎走不动了,突然,它又挣扎着向前面跑去。原来那里有一汪清水!他们得救了,最后顺利走出了沙漠。过了沙漠,又翻过了峭壁和雪山,玄奘终于到达了天竺。

天竺是一个佛教盛行的国家，到处是庄严美丽的寺庙。玄奘一边前进，一边访问各个寺庙，抄录了大量的经文进行研究。公元631年，玄奘来到了戒贤大师所在的寺庙，在这里住了下来。他在大师身边夜以继日地学习了几年，学问大增。人们都很佩服他，称赞他是大唐的高僧。

　　玄奘去天竺求取真经，不知不觉已经过了15年。他人虽然在天竺，内心却越来越思念祖国，一心想要回中国传播佛法。于是，他婉言谢绝了戒贤大师和僧人们的挽留，启程回国了。

　　玄奘回到中国，唐太宗亲自迎接他，百姓们也纷纷出城欢迎。回国后，玄奘翻译了很多佛教经典，为中国和印度的文化交流做出了卓越的贡献。

程门立雪

　　我国宋朝时期是一个理学人才辈出的时代，当时有一位很著名的理学家叫杨时。他年轻时不仅虚心求学，而且对老师、尊长也是十分的恭敬。为了学习理学知识，他常常不远万里去拜访有名的理学家们，请他们传授给自己更多的知识。

　　杨时年轻时曾经考中了朝廷的进士，本来应该进京城去当官的，但杨时却没有进京去当官，而是千里迢迢地跑到河南颖昌去找著名的理学家程颢，希望程颢能收自己为徒弟，让自己能更系统地学习理学的理论和知识。程颢看到杨时不远万里前来求学，心里很高兴，于是就收下了他。

　　杨时在程颢那里求学的时候非常努力，在平常的生活中对老师也是非常恭敬有礼，师生之间相处得十分和睦、融洽。程颢对自己新收的这个弟子很满意,将自己所有的知识一点也不保留地传授给了杨时。而杨时也十分珍惜在这里求学的日子,将老师传授给他的知识全部都消化吸收了。几年后,杨时学成离开,程颢感慨地对自己其他的弟子说:"杨时真是一个不可多得的好苗子,现在他就带着我的理学到南方传播光大去了。"

后来,当程颢去世的消息传到杨时耳朵时,杨时十分悲痛,在自己的家里为老师设了一个灵堂,哭着拜祭老师的亡灵。

不久之后,杨时和朋友游酢一起去洛阳拜会老师的弟弟——同样也是大理学家的程颐,并希望程颐能收他们当学生。而这个时候杨时已经是40岁的中年人了。

当二人到达洛阳时正好是寒冷的冬季,漫天飞舞着雪花。杨时和游酢来到程颐的书房门口时,发现程颐正好在午睡,于是就恭恭敬敬地在门外耐心等候着程颐醒来。

时间慢慢地过去了,雪还一直下着,二人站在门外一动也不动,任凭雪花在自己的身上堆积着。程颐醒来的时候,门外的积雪已经快一尺深了。程颐知道二人的来意和刚才发生的事情之后,非常感动,认为这二人求学的精神实在是让人太佩服了,有这种精神的人就一定可以将自己的学识发扬光大下去。于是程颐很爽快地将二人收在了自己的门下,并将自己所有的知识全部倾囊相授。

杨时经过刻苦的学习,最后成了名噪一时的理学大师,而他虚心求学的精神成了后人学习的榜样。

左思发愤创作 《三都赋》

左思,字太冲,临淄(今山东淄博)人。左思的父亲叫左雍,出身小吏，后以才干任殿中侍御史。左思还有一个妹妹名叫左棻，是当时著名的女诗人。

左思小时候，父亲一直看不起他。父亲见儿子身材矮小，貌不惊人，说话结巴，常常对外人说后悔生了这个儿子。直到左思成年，左雍还对朋友们说："左思虽然成年了，可是他掌握的知识和道理，还不如我小时候呢。"

左思不甘心受到这种鄙视，开始发愤学习。当他读过东汉班固的《两都赋》和张衡的《两京赋》后，虽然很佩服文中的宏大气魄和华丽文辞，但也看出了其中虚而不实、大而无当的弊病。于是，他决心依据事实和历史，创作一篇《三都赋》，把三国时魏都邺城、蜀都成都、吴都建业写入赋中。

为了让《三都赋》写得笔笔有着落、有根据，左思开始收集大量的历史、地理、物产、风俗人情的资料。收集好后，他闭门谢客，开始写作。他在一个书纸铺天盖地的屋子里不分昼夜地冥思苦想，常常是好久才推敲出一个满意的句子。经过10年，这篇凝结着左思心血的《三都赋》终于写成了！

《三都赋》为绝美佳作，文笔流畅、精彩传神，让人读后叹为观止。据记载，《三都赋》问世后受到朝野各界热烈赞颂，一时风行洛阳，"豪贵之家，竞相传写，洛阳为之纸贵"。此后"洛阳纸贵"便成为著名典故流传了下来。

卧薪尝胆

春秋时期，吴王夫差的父亲在同越国打仗的时候，被越国杀死了，夫差继承了父亲的王位之后，发誓要为自己的父亲报仇。在经

过长期的准备之后，夫差在大臣伍子胥的协助下，起兵攻打越国，并将越国的军队打得大败。越王勾践被困在了会稽，眼看越国就要被吴国消灭了，不得不派人前来向夫差求和。伍子胥劝说夫差千万不可以和越国讲和，应该趁胜将越国灭掉。就在夫差犹豫不决的时候，越王勾践暗地里派人去贿赂吴王夫差最宠信的太宰伯嚭，请他帮着越国说些好话。伯嚭在收下了越国的重金之后，替越国说了不少好话，于是夫差就没听从伍子胥的劝告，接受了勾践的请求，并撤军回到了吴国。

吴国撤军之后，越王勾践表面上对吴王是很顺从的，每个月都会派人给吴国送去金银财宝，还常常派人去向吴王请安、问候，只要得到什么好东西也要给吴王送过去，甚至还将自己国家最美丽的姑娘西施给吴王送去了。吴王夫差见勾践对自己这么忠心，心里非常高兴，就渐渐放松了对勾践的戒备之心。

而实际上，越王勾践是一个很有毅力的人。为了报越国差点被吴国所灭的这个仇恨，他睡觉从来不睡床褥，只睡在一些柴草上。他还在自己的卧室里挂着一个苦胆，每次吃饭的时候都会用舌头舔一舔那个苦胆，同时不停地问自己："勾践，你忘了会稽被困的耻辱了吗？"

在勾践不断提醒自己的同时，他努力发展生产，采取各种措施来提高国力，甚至亲自下田去扶犁耕作。他的妻子，越国的王后也是亲自用纺车纺线。他们的饮食也很简单，菜里不加肉，衣服也很朴素。勾践还鼓励大家努力生育，增加自己国家的人口。

就这样，勾践用了10年的时间来发展生产，增强国力，同时也不断地教育和训练自己的百姓，不要忘记当初兵败的耻辱。最后终于使几乎灭亡的越国焕发了生机，越国变得强大了起来。

接着，勾践趁吴王夫差出兵攻打齐国的大好时机，立刻起兵攻打吴国，并很快就占领了吴国的都城姑苏。吴王夫差没有力量在攻打齐国之后再和已经很强大的越国作战，于是就派人向越王勾践请求讲和。勾践在分析了双方的状况之后，觉得现在还不是将吴国消灭的时候，于是就答应了夫差的请求，带兵回国了。

4年之后，勾践认为消灭吴国的时机已经成熟，于是就再次领兵攻打吴国。这时的吴国已经没有当初的雄风了，很快就被越国打得没有还手之力了。这一次勾践没有答应夫差讲和的请求，而是一举攻下了吴国的都城姑苏。夫差在无奈之下，只好自杀了。吴国就这样被越国消灭了。

米芾练字

我国宋代有一位著名的书画家，名叫米芾。由于他个性怪异，举止癫狂，遇到石头膜拜不已还连连称"兄"，因而人们送了他一个"米癫"或"米痴"的绰号。在当时的皇上宋徽宗封他为书画学博士后，人们又称他为"米南官"。

与其他书法家不同，米芾将行草书法的精华应用在山水画当中，常使烟树掩映中含有风雨迷离的深意，藏有变幻无穷的妙趣。可是谁知道，最初米芾练字的时候，因为有形无神的书法，而常常被人耻笑呢！

米芾以书法而闻名于世，可是他的成就完全来自后天的苦练，米芾每天临池练习书法不遗余力。据说，只要一天不练习书法，他就觉得思想迟钝晦涩。然后自己反思，古人练习书法可从来都不曾有一时半会的偷懒啊。于是，他就牢记古人的训诫，越加刻苦地练字了。

米芾小时候在私塾学字，学了3年，字仍然写得歪歪扭扭，老师和家长见了直摇头叹气。他们心想，都上了3年学堂了，写的字一点进步还没有，看来这孩子真不是一块练字的料。尽管大家对他练习书法已经不抱什么希望了，但是米芾却始终没有灰心。

有一天，一位进京赶考的秀才路过村里，米芾听说这位秀才写得一手好字，就赶紧跑去请教。秀才仔细看了米芾临帖写的许多字，说："跟我学写字，必须买我的纸。纸呢有点贵，每张5两银子吧！"

米芾听了，吓了一跳，心想，哪有这么贵的纸，这不是存心为难人吗？

秀才看见米芾犹豫的样子，立刻转身就走，头也不回地扔下一句话："你要是嫌贵就算了！"

米芾求学心切，连忙叫住秀才，请他稍等片刻。他将借来的银子给了秀才后，秀才把纸给了米芾，并再三叮嘱道："好好写吧，3天后给我，我看过之后再决定是否收你这个徒弟。"

米芾小心翼翼地捧着纸回到家里，铺开纸想写，但不敢轻易落笔，怕弄坏了纸。米芾翻开字帖，用没蘸墨汁的笔在书案上画来画去，开始认真仔细地琢磨起字体来。

3天后，秀才来了，见米芾仍然在入神地练字，而纸上却没有写一个字，心中暗暗高兴。他故作惊讶地问："你怎么还没有写呢？这时间都到了，你的任务却没完成！"

米芾吃了一惊，这才想到他和秀才的约定期限已经到了。秀才见米芾还没回过神来，就说："你现在写个字给我看看吧。"

米芾不慌不忙地在纸上写了一个"永"字。秀才看了之后，就赞扬米芾的字大有进步，便问他："为什么3年写不好的字，你在3天内却能写好呢？"

米芾红着脸说："因为纸贵，我怕浪费了纸，就事先用心把字琢磨透了。"

秀才大为高兴，称赞米芾已经懂得写字的窍门了。接着，他从怀里掏出5两纹银还给了米芾，并鼓励他好好练字，就上京赶考去了。

从此以后，米芾一直把5两纹银放在案头，将秀才的话教诲时刻铭记在心。经过勤学苦练，米芾终于成为一代著名的书画大家。

"过目成诵"的秘密

一般人都十分羡慕"过目成诵"的本领，都想知道这个本领怎样才能学会。相传，北宋著名的诗人、文学家和书画家苏东坡就拥有这种"天赋"。那么，你知道他的这种本事是怎么练成的吗？

苏东坡自幼天资异秉，在父亲的精心教育下，他逐渐养成了勤学好问的习惯，有着"打破砂锅问到底"的精神。经过几年的努力勤学，年少的苏东坡已经熟读许多书籍，并且能够下笔成文写出好文章来。苏东坡的本领很快就传开了，大家都说这是一个能够"过目成诵"的孩子。

有一天，一位朋友到家里来看望苏东坡。家里的仆人一看是主子的好朋友来了，并没有马上去通报苏东坡，而是不客气地说道："主人正在忙呢，请您稍等一会儿。"于是这位朋友就坐下来等候。可是没想到，等了好一阵子苏东坡也没出来。当客人刚想起身离开苏家的时候，苏东坡终于出来了。

"嘿，在忙什么呢？这么长时间才来和老朋友见面呀？"

苏东坡一边作揖，一边不好意思地说："兄台见谅。我刚刚在抄《汉书》，一时抄写得来了兴致把时间都忘了。让你等了这么久，真是不好意思呢！"

客人听了大吃一惊，疑惑地问苏东坡："什么？你不是有'过目成诵'的本领吗？怎么还要抄书呀？"

苏东坡连连摇头，说："哪里，你听别人瞎传，我并没有什么过目不忘的天赋，更不是什么传言中的天才！跟你老实说吧，我经常读《汉书》，而且到现在这部书我已经抄了3遍了！"

客人越听越吃惊，于是接着问苏东坡："什么？这么厚的《汉书》，你抄一遍得花费多长时间啊？你不会是把所有时间都在这部《汉书》上下工夫吧？"

"也没那么夸张，而且我抄书有自己的秘诀，"苏东坡笑了笑，接着说，"一部书我并不是全文抄写，而是分段抄。第一遍抄书，我是每段抄三个字，就可以背诵一个整段了；第二遍抄书，我就开始每段抄两个字，就能够背诵这一个段落了；现在，我只要抄写一个字，就能背诵整段的文章了。"

朋友听得目瞪口呆，觉得很不可思议。于是，他决定考考苏东坡。他拿来《汉书》，翻开其中的一页，在一个段落中随便挑了一个字。当他说出这个字时，果然，苏东坡接着这个字开始背诵整个段落，而且是一字不差。朋友向苏东坡投去了敬佩的目光，并连连称奇。朋友决心要再考验一下苏东坡，于是，他又任意挑了几段来试试。结果当他说出每个段落的一个字时，苏东坡便应声接下去了，很流利地背诵了整个段落。

原来，苏东坡"过目成诵"的"天赋"就是凭借这他的勤奋和抄写锻炼出来的。对于知识，他总是能做到手不释卷，朝夕攻读。小时候被周围的人看作是一个难得的"神童"，但他也铭记着父亲的教诲和师长的训导，面对疑惑不解的问题或没有接触过的知识时，他也总是能做到虚心求教。

勤学的宋濂

古时候，有一位著名的散文家叫宋濂，他出生于浙江金华。明朝许多庙堂典册文字，包括著名的开国功臣的神道碑等都出自宋濂之手。他擅长散文，所写的传记文极具现实意义。他的《秦士录》、《王冕传》、《李疑传》、《杜环小传》都是传世佳品，备受世人称道。

宋濂小时候，十分喜欢读书，但是因为家里很穷，没有钱买书，只好向人家借书看。每次借书，他都和别人商量好还书的期限，按时还书，从不违约，人们都愿意把书借给他读。

有一次，宋濂借到一本书，越读越爱不释手，便决定把它抄下来。可是还书的期限快到了，他只好连夜抄书。当时正是三九寒冬，天气非常寒冷，几乎是滴水成冰。一直到深夜，宋濂都没有去睡，冻得直打哆嗦。

宋濂的母亲看了十分心疼，于是对他说："濂儿啊，天气这么冷，你还是先去睡吧，你都抄写了大半夜了，也很累了，明天再抄吧。实在不行，就和人家商量一下，晚点再还书吧。"

"那可不行啊，和别人商量好了明天还，明天就得给人家还回去，要不然，失信于人，别人再也不会把书借给我读了。"说完，宋濂又低头认真地抄写起来，母亲见他态度十分坚决，也不再劝，叹了口气给他披了件衣服。

宋濂抄写了整整一个晚上，终于把那本书抄完了。第二天，准时把书还了回去。回到家里，他又捧起自己的抄写本认真地看了起来。一边看一边感叹：这可真是本好书呀，文采非凡，百读不厌。母亲看着刻苦学习的儿子，既心疼又欣慰。

宋濂读书的时候，遇到不明白的地方总要刨根问底。有一次，他为了搞清楚一个难题，决定出门去请教一位知名学者。母亲看见他一副要出远门的样子，着急地问："这样的天气怎能出远门呀？再说，老师那里早已大雪封山了。你这一件旧棉袄，怎么能抵御得住深山的严寒啊？"

他怕母亲担心，就安慰说："没关系的，我穿得很暖和，拜访完老师，就能把难题解决，我也安心了。"

可是等到宋濂冒雪行走数十里来到这位学者的家门口时，老师却不在家里。过了几天，他再次去拜访这位学者，可是学者已经向世人宣布自己不收学生，所以不接见他。宋濂和同伴在雪里站了很久，脚都被冻伤了，可是学者依然不肯接见他们。

为了解决学习上的难题，宋濂不顾脚伤，又冒雪独自去拜访老师。可是山里天黑路滑，宋濂一不小心，竟然掉入了雪坑中，幸好被路过的行人救起。路人得知他冒着寒冷到学者家里面去求学，十分感动，于是送他到学者的家门口。可是等到宋濂来到学者家的门口，他已经因为伤寒几乎晕倒了。学者被他的诚心所感动，终于耐心解答了宋濂的问题。

后来，宋濂为了学到更多的知识，不怕艰辛困苦，拜访了很多老师，还曾跟随元代古文家柳贯、吴莱等人学习，他最终成为闻名于世的散文家，被明太祖称为"开国文臣之首"。

司马光的警枕

司马光是我国北宋时期著名的政治家和文史学家，《资治通鉴》一书就是他主持编写的。《资治通鉴》所叙述的史事，上起春秋，下迄五代。要写成这样的鸿篇巨著，没有丰富的知识当然是不行的。而司马光的丰富历史知识，最早还是得益于他小时候的勤奋学习。

　　大家了解司马光还得从砸缸说起。有一次，他和几个小孩在院里玩耍，院子里有一个盛满水的大缸。忽然间，在玩耍当中有个小孩掉进了水缸，其他孩子吓得不知所措，只有司马光镇定自若。他捡起一块大石头，奋力向缸砸去，水流出来了，小孩也得救了。这个故事生动地说明司马光从孩提时起就聪明、机智、善于思考。

　　司马光出生在一个封建官僚家庭，自幼就十分好学。从6岁起，他就开始读书写字，7岁那年已有了大人读书的样子。平时，他总是手不释卷，读书十分用功。学习入迷时，常常到废寝忘食的地步。

　　不过，司马光小时候的记忆力却很差，别人读一篇短文，三五遍便背熟了，差一些的，十遍也就差不多了，可司马光非得读上二三十遍不可。别人背熟后，休息或出外游玩去了，可他还是留下来继续读，直到背熟为止。

　　时间久了，他便养成一个读书习惯，那就是比别人多读几遍，背得比别人熟一点，读时比别人多思考一些。每当小伙伴们跑出去游玩休息了，司马光总要拉下窗帘，把自己关在书房里，直到把书背得滚瓜烂熟了才肯出去。

　　十多岁的小孩子，晚上特别喜欢睡觉，司马光也不例外。有时白天读书太疲倦了，一到晚上，他的眼睛就张不开，或者昏昏沉沉往床上一倒下去，就开始呼呼大睡，直到天亮才醒来。

　　这样几天下来，他觉得把晚上的时间全都用在睡觉上了，非常可惜。于是，他便想出一个妙法，即把平时睡的枕头搁在一边，用一段圆木代替枕头。只要睡到半夜，一个翻身，枕头滚走，发出"砰"的声响，头部失去支撑，挨到席子上就马上惊醒，又可以继续读书了。

采取这个办法后，司马光每次半夜枕头一滚落，就立刻披衣起床，点烛继续读书。从此再也没有出现睡过头的情况了。时间长了，他和圆木枕头就有了感情，并亲切地把这个特制的枕头叫做"警枕"。

后来，司马光在跟别人谈起他的读书经验时，说："读书不可以不背诵，只有抓紧时间温习功课，才能把书读好。我有时骑在马上也读书，有时半夜醒过来，就不再睡了。当我读到书上的精彩片段时，常常会思考书中的道理。这样，我在不断的读书过程中，得到的好处自然也不少。"

古人读书讲究背诵，青少年时代的司马光也是这样做的。白天骑马在路上，夜里辗转不寐在床上，他总能利用一切时间学习。经过如此勤奋的努力后，司马光终于成为我国历史上有名的大文豪。

王羲之吃墨

小时候，王羲之就跟随著名的女书法家卫妻子学习书法，十分认真。长大后，他博采众长，草书师法张芝，正书得益于钟繇。经过刻苦观摩学习，王羲之的书法自成一家，形成了用笔细腻、结构多变的风格。后来的书法家几乎都临摹过王羲之书法帖，因而他享有"书圣"的美誉。

12岁那年，王羲之在父亲的枕头底下发现前人写的《笔论》，便偷偷地拿来读，越读越有兴趣。父亲看到他专心地读着一本书，便问他在读什么书，王羲之微笑了一下并不回答。母亲走过去仔细一看，才知道原来他在读《笔论》，于是就对他说："孩子呀，你现在年纪还小，读《笔论》这样的书，估计还不能完全读懂吧？"

父亲也说："读书不能太着急，欲速则不达，等你长大了，爹爹再教你读这些书吧！"

可是王羲之却回答道："可是学习知识是不能等待的，就像走路一样，只有不停地走才能前进。等我长大了，您再教那可就太晚了。"

王羲之不只对读书这样刻苦，对待自小开始学习的书法也同样勤奋。他练字用坏的毛笔，堆在一起成了一座小山，后来人们都叫它"笔山"；他家的旁边有一个小水池，他常在这个水池里洗毛笔和砚台，后来小水池的水都变黑了，人们就把这个小水池叫做"墨池"。他不仅在写字的时候认真，就是平时走在路上，心里仍然揣摩着练字，不时用手在身上比划着练，时间长了，衣服都被他划破了。

沉浸在书法的学习中，王羲之每天都在废寝忘食地练字。他一拿起笔来，把周围的一切都给忘记了，写得兴致高涨。从早上开始写，一直到天都黑了，妻子端来饭菜，他也顾不得吃。妻子心疼他，把饭菜反复热着，可是他仍然顾不上吃，一直写到深夜。

从学字开始，他就有一个原则，字写得不满意，就不停地练习，一直写到满意才停笔。整个夜晚过去了，他终于写得满意了，这才感觉到肚子饿了，于是顺手抓起一个馒头，蘸着旁边的一碟豆酱津津有味地吃起来。吃着吃着，又沉浸在书法的世界里面了。而妻子又走进来劝他休息。一看到王羲之，先是大吃了一惊，接着"咯咯"地笑起来。

这是怎么回事呢？原来，王羲之聚精会神地练习毛笔字，一只手抓着馒头不知不觉伸到了砚台里，沾着墨汁吃了起来。显然，他是错把墨汁当成豆酱了。当妻子笑着拿来铜镜，王羲之一看，只见满嘴是乌黑的墨汁，不由得也哈哈大笑起来。

笑完了，妻子又感觉十分心疼，对他说道："羲之啊，你要注意身体呀！你的字已经写得很好了，怎么还要这样苦练呢？"

王羲之抬起头，回答说："我的字虽然写得不错，可那都是学习前人的写法。我要有自己的写法，自成一体，那就非下苦工夫不可了。"

经过一段时间的艰苦摸索，王羲之终于写出自成风格的新字体。大家都称赞他写的字像彩云那样轻松自如，像苍鹰一样强劲有力。

车胤囊萤照读

车胤，字武子，东晋时期南平（今湖北省公安县东北）人。他从小就非常喜欢读书，读起书来不知疲倦，常常废寝忘食。

有一次，父亲的一位朋友上门拜访，闲谈之中，发现坐在窗前的车胤一直在专心地读书，并没有因他的到来和交谈而分心。他想考验一下车胤是否真的注意力集中，就喊了一声车胤的名字。可是车胤仍然纹丝不动地坐在那里读书，头也没有抬一下，根本没有听见他的喊声。这位朋友见车胤读书这样专心致志，便高兴地对他父亲说："您这孩子学习专心，应该让他多读点书。"父亲听了很高兴，从此便亲自指导车胤学习，车胤因此进步很快。

由于家境贫寒，无法为他创造更好的学习条件，有时连饭都吃不饱，更没有钱去买油点灯。车胤和他的父亲为天黑不能读书都十分苦恼。

有一年夏天，天渐渐地黑了。车胤吃了晚饭后，就搬了个板凳坐在门前的晒谷场里一边乘凉，一边背诵着白天所读的书。当车胤正背得起劲的时候，突然，一只闪着亮光的萤火虫从他眼前飞过。他并没有在意，而是继续背他的书。可是，没一会，另一只萤火虫又飞来了，并且老是在他眼前转来转去，尾巴上的亮光还一闪一闪的。于是车胤顺手拿起蒲扇对准萤火虫猛地一拍,这只萤火虫一下跌到了地上。车胤拾起萤火虫,放在手掌上,发现萤火虫并没有死,屁股还在闪光。对着这只萤火虫,车胤心里突然一亮。他立即跑进屋里,找了一只透明的袋子,小心翼翼地把手里的萤火虫放进袋子里。他再跑到屋后的半山腰上,看见星星点点的萤火虫在漫天飞舞,他高兴极了。他尽情地捉,把它们放在袋子里,再扎住袋子口,回到家中,把袋子吊在案前,利用它埋头学习。从此以后,只要有萤火虫,车胤都要去捕捉一些来当作灯使用,利用晚上宝贵的时间来学习。

  车胤就是在这盏世界上独一无二的"灯"下,孜孜不倦地学习,终于成了一个学识渊博的人。

凿壁偷光

  西汉时期,有一个贫苦农民家的孩子,叫匡衡。他小时候很想读书,可是因为家里穷,实在没钱供他上学。后来,他跟一个亲戚学认字,才有了看书的机会。

  勤奋好学的匡衡买不起书,只好借书来读。那个时候,书是非常贵重的,有书的人一般不肯轻易借给别人。匡衡就在农忙的时节,抽空给有钱的人家打短工。他的要求很简单也很奇怪,不要工钱,只求人家借点书给他看。

  过了几年,匡衡长大了,成了家里的主要劳动力。他一天到晚在田地里干活,间歇时还去打短工贴补家里的生活。只有中午休息的时候,才有工夫看一点书,所以一卷书常常要十天半月才能够读完。匡衡很着急,心里想:白天种庄稼,没有时间看书。那么,我可以多利用一些晚上的时间来专心看书。可是，家里很穷，买不起点灯的油，怎么办呢？匡衡非常心痛这些被浪费的时间，但又无可奈何，内心非常痛苦。

匡衡的邻居家里很富有，一到晚上，好几间屋子里都点起了蜡烛，把屋子照得通亮。有一天匡衡鼓起勇气，对邻居说："我晚上想读书，可是买不起蜡烛，能不能借用你们家的一寸之地呢？"

邻居一向瞧不起那些穷苦的人，就恶毒地挖苦道："既然穷得蜡烛都买不起，还读什么书呢！读书又有什么用呢？是不是就能填饱肚子了？"

遭了羞辱的匡衡非常气愤，沮丧地回到家中。这件事情也让他更下定决心，一定要把书读好。

有一天晚上，匡衡躺在床上背白天读过的书。背着背着，突然看到东边的墙壁上透过来一线亮光。他从床上爬起来，走到墙壁边一看，原来从墙缝里透过来了邻居家的灯光。于是，匡衡就想了一个办法：他拿了一把小刀，把墙缝挖大了一些。这样，透过来的光亮也就变得更大了。他就凑合着透进来的微薄灯光，如饥似渴地读起书来。

就这样，匡衡白天种地、打工，晚上回家就借邻居家的灯光读书，他把能借到的所有书都熟记背诵了。用这种方法，匡衡读完了许多书，但他依然买不起新书。他深深感到，自己所掌握的知识是远远不够的。于是，他想看更多书的愿望更加迫切了。

有一次，他听说附近的一个大户人家家里有很多藏书，这个消息立即让匡衡兴奋不已。第二天，他就卷着铺盖来到大户人家的门前，他对主人说："老爷，请您收留我。我给您家里白干活不要报酬的。我只有一个小要求：就是让我在闲余的时候能够读一下您家的书籍就可以了，而且我保证不会把书弄脏的，我一定注意保护它们！"

主人被他的精神感动了，于是答应了他的要求。就这样，匡衡又开始了在主人家干活的生活。幸运的是，他只要白天努力干活，晚上就能潜心读书了，而且再也不用借邻居家微弱的灯光了。

匡衡就是这样勤奋学习的，后来他终于做了汉元帝的丞相，成为西汉时期有名的学者。

孔子学琴

公元前551年，孔子出生于鲁国（今山东曲阜）。他的父亲是一个小小的武官，祖先曾经是宋国的贵族，母亲姓颜。据说孔子出生的时候，样子很是怪异难看，他父亲根据他的样子，便给他取名叫孔丘，字仲尼。

孔子很小的时候就喜欢读书，喜欢琢磨礼仪，他经常问母亲"为什么要祭祀"、"为什么人要注意自己的衣着"之类的问题。

3岁那年，有一天狂风大作，颜氏一看天色，赶忙去收衣服，这时候孔子却拿着俎豆往家门口走去。过了一阵，乌云密布，电闪雷鸣，还不见孔子回来，颜氏不得不出门去寻找，到了门口，只见孔子在家门口摆起了土堆，开始模仿大人祭祀的仪式，口中还念念有词。"要下雨了，快别玩了，赶紧回家来。"颜氏说道。孔子却一本正经地说："我不是在玩，我是在祭天。"颜氏不禁愣住了，她仔细观察了一下孔子的样子，只见他有模有样，确实不像在玩。于是心下暗暗思量：这孩子是可教之才，不如让他去接受更好的教育。

就这样，孔子被送到了外祖父家里，外祖父是个很懂礼法的人，并且非常认真地教育孔子，很快，孔子在礼法方面有了很大的进步。

由于家境不好，孔子懂事很早，他体贴母亲和身体不好的兄长，

经常帮助家里做些力所能及的事情。刚满7岁的时候，他就上山砍柴。尽管母亲不放心，他还是坚持要分担母亲的负担，日复一日地独自上山砍柴。

这天，孔子砍好了柴正在歇息，忽然听到远处传来一阵美妙的琴声，那琴声浑厚有力，高低起伏，犹如天籁。以前，孔子也听过别人的琴声，比如他外祖父就经常弹琴。但是今天这琴音，比他外祖父的，甚至比他以前听过的任何琴声都更高妙。听着听着，不知不觉间他顺着琴声找了过去。经过翻山越岭之后，他终于在一棵树下看到一位衣着古雅的老人正在弹琴。孔子觉得如果冒昧上前会打搅了老人，于是席地而坐，在一边静静地听着。老人其实已经察觉到孔子的到来，但是没有搭理他，仍是继续手中的动作。孔子就这样一直听着，等到他从中醒过来的时候，老人不知何时已经离开了。看着空无一人的树下，孔子觉得刚刚好像做了一个梦。抬头看看天色已经不早，顾不得再想其他，便挑起柴赶紧回家了。

第二天正在砍柴的时候，孔子又听到了那美妙的琴声，尽管他再三告诫自己不要过去打搅老人，但实在抵不住琴声的诱惑，不知不觉地他又走到了那棵树的旁边听琴。像昨天一样，老人在孔子沉迷的时候悄悄离开了。孔子心里很是惭愧，觉得是老人在责怪自己打扰他弹琴，所以才会不声不响走掉的。

第三天，孔子还是忍不住去听琴，只是这次他没敢站出来，偷偷地躲在树后。但是老人这次弹完琴后没有离开，而是把孔子从树后叫了出来。孔子很不安地连声对老人道歉，说道："请您原谅我的莽撞，但是您的琴声实在是太好听了，我才忍不住每天来听您弹琴的，如果您不希望我出现，我以后就不来了。"老人见孩子很憨厚，就笑着问他的来历。孔子说："我姓孔，名丘，字仲尼，排行第二，三岁丧父，哥哥的腿有毛病，我们靠砍柴度日。"

听孔子说话很有条理，好像读过书，于是老人想考考孔子，就问了一些史书上的事，结果孔子对答如流。老人很是满意，就问他："你很喜欢琴吗？"孔子回答："母亲对我说，'六艺'是立身的根本，琴为乐，是六艺之一……"老人又问孔子："你愿意学琴吗？"聪明的孔子马上拜倒在地，声音洪亮地说："孔丘愿拜您为师。"就这样，孔子开始跟随老人学琴。因为白天要砍柴，他只能每天晚上刻苦地练习，一直到很晚才能休息，无论冬夏都坚持不懈。

功夫不负有心人，两年之后，孔子的琴技便有了很大的提高。

又过了几年，孔子的才学出了名，他却没有停下学琴的脚步。他听说鲁国有个很高明的乐师叫师襄子，于是就拜他为师。孔子学习很认真。有一天师襄子交给他一首曲子，让他自己练习。他足足练了10天，仍然不肯罢休，想继续练下去。师襄子几次说要让他换首曲子练习，孔子都拒绝了，他说："一首曲子，先要熟悉曲调，然后要摸清它的规律，最后还要领会它的音乐形象，才能算是真正学会。"如此过了一段时间，孔子对师襄子恭敬地说："老师，这首曲子我已经学会了，它描述的音乐形象是文王。"师襄子一听，惊讶地站了起来，这首曲子正好叫《文王操》，而这曲名他事先却没有跟孔子说过。由此可见，孔子学琴是多么用心！

后来，人们形容孔子的琴声"似行云流水，百鸟齐鸣，风听了不吹，鸟听了不飞，绕梁三日不绝"，他更是成为春秋时期著名的鼓琴大师。

范仲淹断齑划粥

公元1014年，整个应天府（今河南商丘）万人空巷，路边上人头攒动，将街道挤得水泄不通。浩浩荡荡的马车辚辚向前。原来

110

这是宋真宗率领百官到亳州（今安徽亳县）去朝拜太清宫的车队。

整个城市都轰动了，人们争先恐后地去看皇帝，唯独有一个学生闭门不出，仍然埋头读书。这时有人过来敲门叫道："快去看，这是千载难逢的机会，千万别错过。"可这个学生头也不抬，随口说了句："将来再见也不晚。"

后来，他中了进士，果然见到了皇帝。这个学生就是范仲淹。

范仲淹，字希文，是北宋有名的官员。范家世代为官，但轮到范仲淹时，他的命运却颇为坎坷。他两岁的时候，父亲生了一场大病，加上贫困，请不起好医生，不久就死了。父亲一死，就剩下他和母亲相依为命，家境从此变得窘困起来。

两年后，范仲淹的母亲谢氏带着他改嫁到了山东长山县朱文翰家，范仲淹也更名为朱说。朱家也是普通人家，虽然养得起范仲淹母子二人，但说到上私塾接受教育，就有点紧巴巴了。

范仲淹小时候就很聪明，大人说什么话，他都记得很清楚。他小小年纪，自尊心就特别强，知道自己不是朱家的孩子，就不肯用朱家的钱上学。朱文翰是个落第秀才，看到小范仲淹有读书的天分，不想耽搁他，就让他投奔亲戚去了。

这亲戚住在应天府，见到范仲淹前来投奔，觉得有点头痛，就问他："你要做什么？"范仲淹抬起头来，用清亮的童音大声说道："我要读书。"看到他一心向学的样子，亲戚不忍拒绝，就将范仲淹送到村里的私塾学习。

私塾里有十来个孩子，年龄都比范仲淹小。范仲淹起步比其他孩子要晚，所以他们经常嘲笑他说："年纪这么大了，连《三字经》都不会，太差劲了。"听了这话，范仲淹心里很难过，但他没有泄气，从一笔一画学起，他学得是那么认真，练得那么刻苦，所以很快就能独立阅读了。

范仲淹还给自己订了读书计划，每天要读几本书，记多少字，背诵多少文章，都在他的计划之中。如果没有完成，坚决不去休息。冬去春来，转眼他就读了5年的书。这5年来，不管是北风呼啸的风雪夜，或是炎热似火的盛夏天，范仲淹都伏案读书，没有一天间断过。

私塾的同学读完了书，就结伴去爬树抓小鸟，或者是去村边的池塘摸鱼，叫范仲淹一起去，他都摇摇头表示拒绝。就是逢年过节，他也没落下功课。5年来他读遍四书五经，打下了坚实的基础。

有一天，老师对范仲淹说："你这几年，学业长进很大，我已经教不了你了，我有一个朋友在应天府南都学舍教书，我可以介绍你去那里。"就这样，求学心切的范仲淹又来到应天府南都学舍。

这是当时全国有名的一家私学书院。坐落在青山古柏之间，环境十分幽雅。加上这里聚集了许多才智俱佳的师生。到这样的学院读书，既有名师可以请教，又有许多同学互相切磋，还有大量的书籍可供阅览，况且学院免费就学，更使经济拮据的范仲淹求之不得。

只是书院太过有名，全国各地不少学子都慕名前来，所以入学需要经过考试。范仲淹考取了，从此又开始了他的苦读生活。

这年的冬天很冷，大雪纷纷扬扬地下着，整个天地铺了一层厚厚的白色。南都学舍里，学生琅琅的读书声划破了灰蒙蒙的天空。范仲淹裹着单薄的衣衫，正捧着一本书如饥似渴地看着。

他的手已经冻得红肿，实在太冷的时候，就呵上两口气。面前的桌子上放着一个粗陶盘子，里面有一块四四方方的白糕。读得饿了，他拿起白糕吃了起来。仔细一看，哪里是什么白糕，分明是已经冻硬了的粥。

原来范仲淹来学舍读书，虽说已经免了学费，但生活费也是一笔很大的开支。亲戚接济的钱只有一点点，根本不够一日三餐。他不能像有些同学那样在学舍入伙，更不能在学舍门口的小摊上买烧饼吃。为了最大限度地节约开支，范仲淹想了许多办法。后来，他想到可以自己买米煮粥。每天早上，他量出一杯米下锅煮成粥，将它分成两份，当成一天的饭食。没钱买菜，那就找点咸菜疙瘩下饭，这样也节约了吃饭的时间。

冬天的时候天气很冷，剩粥很快冻成了冰块，范仲淹就用刀将冰粥划成几块充饥。本来他的衣衫就很单薄，冰粥下肚更是冷得受不了，他就在屋子里蹦跳着取暖，一边跳还一边背文章。尽管生活这样艰难，范仲淹仍然积极乐观。

有一天，范仲淹才分好冰粥，一个同学有事找他。推门进来，同学看到桌子上摆着个盘子，里面四四方方一块白粥，冻得硬实。粥边还有个碟子，是切成块的萝卜干。范仲淹一边拿着书，一边有滋有味地吃着白粥。

同学看得目瞪口呆，说："希文，你就吃这个？"范仲淹笑道："这样也挺好，挺清淡的。"同学说："这也太简陋了，你怎么受得了呢？"范仲淹摇摇头，只背了孟子的一段话："天将降大任于斯人也，必先苦其心志，劳其筋骨，饿其体肤……"那个同学听完非常感动。

同学的父亲是应天府的留守，回家后，他和父亲说起范仲淹的事。留守一听，觉得这个学生非常难得，在艰苦的环境里还能这样积极向上。感到这是教育自己儿子的好机会，就把范仲淹大大夸奖一番，让儿子向他学习，还让儿子把家里的美味佳肴带一些送给范仲淹。

过了两天，同学叫家人炖了一堆补品送到范仲淹屋里，对他说："我父亲听说你发愤苦读的事，夸你将来必有作为，特地让我送些好吃的给你补充营养。"他边说着，一边把菜肴端上桌子。

虽然才吃过粥，但范仲淹看着色香味俱全的菜，觉得更饿了。每天喝清淡的粥，对于一个青年人来说，营养完全不够。面对同学的好意，范仲淹本来想收下，一转念又改变了主意。他对同学说：

"谢谢你和你父亲。你们的心意我领了，但是我不需要。我已经吃过饭了。"

"你那也叫饭？希文啊，你别和我客气，怎么说都有同窗之谊。天气这么冷。我也不想看你吃那种饭病倒。这个菜应该够你吃两天，过两天我再给你送来。"同学不容分说地将食品塞给范仲淹，转身就走了。

过了两天，估计范仲淹吃完那些菜后，同学又带了一桌好菜前去找他。一进门，他就看到范仲淹端坐在桌边写文章，桌上的盘子里依旧是两块冰粥和萝卜丝。

"希文，你怎么又吃起白粥来了？上次我送的菜吃完了吗？"没等范仲淹回答，他就发现他上次送来的食品原封不动地放在屋子的一角，顿时来了气。"你这人怎么回事？我送你饭菜是一片好心，你为何这样糟蹋？莫非我的饭菜还不能入你口吗？"

范仲淹连忙起身施礼，然后解释道："我非常感谢你对我的关心，这个情分我没齿难忘。但是师弟，你想，圣人有句话是'贫贱不能移'。我范某也是大好男儿，怎么能靠你的施舍过日子呢？何况我已经吃惯了粥，也不觉得这是吃苦，如果吃了你带来的美味，有了对比，恐怕就是'由奢入俭难'，再也吃不下粥了，所以请师弟你谅解。"

同学听完范仲淹的话惊呆了，他这才明白，平日里安安静静读书的范仲淹，原来是这样的安贫乐道，这背后，是自尊的人格。他心里不由感慨万分，对范仲淹说："也罢，希文既然这样认为，我也就不勉强了。你如有困难，和我说一句，我必然放在心里，其他就不多说了。"说完，他恭敬地施了个礼，带着饭菜离开了。

后来，范仲淹就靠着这白粥，度过了数年的苦读生涯，成为我国宋朝有名的政治家、思想家、文学家。但成名以后，他仍然保持着这种简朴的日子，贯彻了他的名句"先天下之忧而忧，后天下之乐而乐"。他本人也成了中国历史上忧国忧民、勤政爱民的典范，流传千古。

李密牛角挂书

李密，字法主，京兆长安（今陕西西安）人，隋朝末年农民起义军领袖，著名军事家、战略家。少年时被派在隋炀帝的宫廷里当侍卫。他生性好动，在值班的时候，左顾右盼，被隋炀帝发现了，认为这孩子不大老实，就免了他的差使。李密并不丧气，回家以后，发愤读书，决定做个有学问的人。他打听到缑山有一位名士包恺，就前去向他求学。

李密骑上一头牛就出发了，牛背上铺着用蒲草编的垫子，牛角上挂着一部《汉书》。李密一边赶路一边读《汉书》中的《项羽传》，正巧越国公杨素骑着快马从后面赶上来，勒住马赞扬他："这么勤奋的书生真是少见啊！"少年书生回过头来，一见是越国公，赶紧从牛背上跳下来行礼。一老一少在路上交谈起来，李密谈吐不俗，让杨素深深感到他不同寻常。杨素回家后告诉其子杨玄感，杨玄感即倾心结交。后来李密成了隋末农民起义队伍瓦岗军的首领。

欧阳修炼字

天光未明，随州的一个小院子里，少年欧阳修便早早起了床。

他拿过簸箕，将里面的沙子倒在院子里，铺得平平整整，又取过削好的荻草笔，蹲在地上，一笔一画认真地练起字来，很快地，沙子上留下了稚嫩的字迹。

欧阳修出生后的第四年，父亲就离开了人世。虽然父亲生前是个小官，但是清正廉洁，所以也没留下什么钱来，家中生活的重担全部落在母亲郑氏身上。为了生计，母亲不得不带着未满4岁的欧阳修辛苦迁徙，从庐陵到了随州。在随州有欧阳修的叔父，生活上可以略为照顾一下这对可怜的孤儿寡母。

欧阳修直到年老还记得那时候的辛苦，母亲郑氏带着他千里奔波，即使如此，还不忘教育他。郑氏是个有见识、肯吃苦的女人。她出生在一个贫苦的家庭，但有幸读过几天书，后来嫁的丈夫又是品性高洁、颇有能力的人。潜移默化之下，郑氏在教育孩子上挺有一套。才到随州时，家里没什么钱，去不了私塾，郑氏就自己给年幼的欧阳修讲如何做人的故事，启蒙童智。

郑氏每次讲完故事都会做一个总结，让欧阳修明白做人的很多道理。她教导孩子最多的就是做人不可随声附和，不要随波逐流。欧阳修稍大些后，郑氏想方设法教他认字写字，先是教他读唐代诗人周朴、郑谷及当时的九僧诗。尽管欧阳修对这些诗一知半解，却增强了读书的兴趣。

欧阳修到了上学年龄时，家里还是穷，上不起私塾，连纸笔都买不起。欧阳修只能用手指在桌上临摹字帖，心中默记，郑氏看在眼里，急在心里。但小欧阳修很懂事，对母亲说："没关系，这样也能认字呢。"

有一天，郑氏出门时，看到院落前的池塘边上长满细长的荻草，很是茂密。她突发奇想：这荻草，又细又长，可不可以割下来当笔来用呢？于是她立刻摘了几根荻草，性急地在地上比划开了。但是泥土地不够平整，加上荻草笔比较软，不好写字。郑氏又想了新办法——铺沙当纸，开始教欧阳修练字。

欧阳修看到这荻草笔和黄沙纸后，开心地鼓掌说："我也有纸和笔了，还可以反复写字呢。"他就跟着母亲在地上一笔一画地练习写字，反反复复地练，错了再写，直到写对、写工整为止，一丝不苟。

在母亲的教育下，幼小的欧阳修很快爱上了诗书。但家里没钱买书。郑氏就带他去附近藏书多的人家里借书读。虽说小欧阳修过目能诵，但还有不少好书不能一次看完，只好抄录下来。

有一天，欧阳修去李家借书看。他在纸筐里发现一本六卷本的《韩昌黎文集》，经主人允许，带回家里。打开一看，大开眼界，便夜以继日地阅读起来。宋朝初年，文章的体裁沿袭着五代的风气。文人们做文章精雕细琢，但是华丽空洞，而韩愈的文风与之完全不一样。欧阳修被韩愈清新自然的文章所打动，他高兴地对母亲说："世上竟有这么好的文章啊。"

尽管欧阳修年纪尚小，对韩愈的文学思想未必能全部吃透，但却为他以后主张革除华而不实的文风的思想打下了基础。而正是在这种思想的启迪下，一个学习韩愈、革除当时文坛上坏风气的念头，在他的脑海里油然升起。

后来，欧阳修担任翰林学士后，果然积极倡改文风，破除坏习性。有一年，京城举行进士考试，朝廷派欧阳修担任主考官。他认为这正是他选拔人才、改革文风的好机会，在阅卷的时候，发现华而不实的文章，一概不予录取。

考试结束以后，一批所谓的文人墨客落了选，他们对欧阳修十分不满。一天，欧阳修骑马出门，半路上被一群落选的人拦住，吵吵嚷嚷地辱骂他。后来，巡逻的兵士过来，才把这批人赶跑。经过这场风波，欧阳修虽然受到了一些压力，但是考场的文风因此发生了变化，大家都学着写内容充实和朴素的文章了。

不过这些都是后话，少年欧阳修仍然废寝忘食地读着书。天圣八年（公元 1030 年），他进京考试，中了进士，得南宫殿试第一，被选拔为甲科，调西京推官。然后与当时的名士交游论文，作诗唱和，如尹洙和梅尧臣等。就这样，欧阳修凭着他的文章名满天下。不久又被选进朝廷，为馆阁校勘。

当了官的欧阳修，在文学上更加严格地要求自己。一次，有人托他写一篇文章，叫《相州锦堂记》，欧阳修一挥而就，写了篇花团锦簇的文章，其中有这样两句："仕宦至将相，富贵归故乡。"来人拿过文章，读后只觉得言语清淡但很有内容，对欧阳修说："先生的文章果然是一绝。"欧阳修笑了笑，没有说话，心里仍然在回想着文章的内容。

几番推敲后，欧阳修一拍大腿，自言自语道："不对，还必须改一改。"但那人拿了文章后已经离开了。他连忙派人骑马去追回稿子，修改后再送上。来人接过改稿，草草一读，很是奇怪：这不还和原稿一模一样吗？

仔细研读一番才发现，原来全文只是将"仕宦至将相，富贵归故乡"改成了"仕宦而至将相，富贵而归故乡"，快马追回的只是两个"而"字；但他反复吟诵后，不禁拍案叫绝，赞叹不已。原来，改句中增加的两个"而"字，意义虽未改变，但读起来抑扬顿挫。难怪欧阳修如此心急，要求加上这两个字。

欧阳修一直精于炼字，除去快马追回文章只为加两个"而"字，还有一个故事可以体现他这种严谨的作风。

某天上午，欧阳修同翰林院的三个下属出游。官道上行人不多，他们徐步缓行，吟诗作词，很是自得。他们看到路上躺着一只黄狗，正在懒洋洋的晒太阳，显得很悠闲。正在指点间，突然路边一匹惊马飞奔而过，黄狗躲闪不及，惨死在马蹄下。面对这一场景，四个人都露出了不忍心的表情。这时候，欧阳修提议说："发生了这样的事情真是不幸，我们把这事记载下来吧。"

只见其中一个下属想了想，率先开口说道："有黄犬卧于道，马惊，奔逸而来，蹄而死之。"另一人接着说："有黄犬卧于通衢，逸马蹄而杀之。"最后第三人说："有犬卧于通衢，卧犬遭之而毙。"

欧阳修听后笑道："像你们这样的写法，要是修史，还要写多少卷呢？"那三人于是连忙请教："你是你说要怎么写呢？"欧阳修道："逸马杀犬于道，六字足矣！"三人听后脸红地相互笑了起来，比照自己的冗赘，深为欧阳修为文的简洁所折服。

后来有人问欧阳修："怎样才能写好文章？"欧阳修回答说："没有其他办法，只有勤奋读书而且多动笔，才可能将文章写好；世人的弊病在于：写作太少，又懒于读书，每写出一篇，就想超过别人，这样怎么可能达到目的呢？文章的缺点不需要别人指出，只要写多了，自己就能发现。"

欧阳修写的文章，自然天成，或丰满或简约，都符合标准。他的文辞简要，旨意明朗，立论有据，内容通博，旁征博引，引类列举，分析事理至深至透，因此很能折服人心。

佛堂夜读

王冕七八岁时，因为家里贫穷不能供他读书，父亲叫他在田埂上放牛，帮助补贴家里。一天王冕从学堂路过，被里面的琅琅读书声所吸引，就把牛拴住，偷偷趴在窗子外面听老师讲课，直到放学了才恋恋不舍地离开。从此后王冕天天把牛拴在山坡上，在学堂外面听课。听完了课，他就用树枝在地上练习学过的字，就这样，聪明而勤奋的他认识了不少字，还能背诵好多文章。但他怕爸爸会责备他，一直不敢告诉家里。

一天，他听完课后发现牛不见了，只有一截断了的缰绳扔在地上。他赶紧四处找，但到了天黑才找见了牛。回到家，父亲认为他贪玩，责骂了他一顿。谁知，第二天邻居找上门来，说王冕家的牛吃了他家的麦苗，父亲要打王冕，王冕争辩说："我不是贪玩，是为了听先生讲书。"父亲不信，王冕就给父亲背书听。父亲看着背得头头是道的儿子，很心痛。摸着他的头说："好孩子，父亲错怪你了。"于是和母亲商量，给王冕找个空闲时间多点的工作。

一天，父亲告诉王冕："庙里需要一个打杂的小孩，你可以去，能有点收入也有时间读书，但就是要离开家里，你愿意吗？"王冕虽然很不愿意和父母分开，但想到能读书，就狠狠心答应了。来到庙里，王冕很勤快，老和尚很喜欢这个聪明伶俐的小孩，除去工钱外还给他一些小钱，王冕把这些钱都攒起来买书。一到夜里，他就悄悄地走出来，坐在佛像的膝盖上，手里拿着书就着佛像前长明灯的灯光诵读，有时甚至一直读到天亮。

一天夜里，王冕正在读书，忽然狂风大作，他觉得很冷，就起身跺跺脚取暖。偶然一抬头，忽然天上打了个闪电，他看见在灯火摇曳中一个个佛像面目狰狞，张口扑来。王冕终究是小孩，吓得头皮发麻，转身就跑。但跑到门外才想起心爱的书还在里面，于是就壮着胆去捡。这次他看见佛像面目如初，于是对着那些泥人挥挥拳说道："你们都是泥做的，我不怕你们！"说着翻身坐到佛腿上继续读书。

王冕虽然家境贫困，但他读的书一点也不比别人少，靠着自己的勤奋和上进精神，以后成了元朝著名的诗人。

郑板桥刻苦求学

郑板桥，名燮，字克柔，因排行第二，自称郑大、郑大郎。板桥是他的号，或题板桥居士、板桥道人，晚年自署板桥老人。他是清代杰出的艺术家、文学家。3岁时，父亲就开始教他识字、写字，五六岁时教他读诗背诵。6岁以后，教他读四书五经，要他抄写熟记。八九岁时，父亲教他作文联对，还常去舅父家聆听舅父汪翊文的开导与教诲。他在《板桥自序》称自己"幼随其父学，无师也"。又说："板桥文学性分，得外家气居多"。直至十七八岁时，板桥才离开兴化老家到真州（今仪征县）的毛家桥去读书。

板桥读书很刻苦，且善于独立思考。他不相信有过目成诵的神童。他在《潍县署中寄舍弟墨一书》中说："读书以过目成诵为能，最是不济事。眼中了了，心下匆匆，方寸无多，往来应接不暇，如看场中美色，一眼即过，与我何与也。"他还认为，无所不诵不是好事，对书要有选择，即使好的书，也要选择书中好的来读，有些章节，令人可歌可泣，更应该"反复诵观"。所以，他在熟读上下苦功夫，经常一部书要读上多遍，务求能背得下来。

板桥读的书也很广泛。他虽不喜欢考证烦琐的经学，但仍然花很大的工夫去攻读。他喜欢读历史、诗词、散文等作品。"少年游冶学秦柳，十年感慨学辛苏。"他不是个束缚在经书教条中的书呆子，也不是总坐书斋死读书，而是喜欢走出家门，面向大自然。《板桥自序》中说："板桥非闭户读书者，长游于古松、荒寺、平沙、远水、峭壁、墟墓之间。然无之非读书也。"

20岁时，板桥从真州回到家乡，拜陆种园老先生为师。陆种园品行高洁，文才横溢，书法很有个人风格，尤擅长填词。板桥就跟他学习填词。与此同时，他还结交了许多诗朋画友。由于板桥天分较高，学习勤奋刻苦，再加之名师尽心指点，他不仅通读了四书五经，而且在绘画、书法、做诗、填词等各个方面都有了名声，很快他就成为当时兴化县有名的秀才了。

板桥23岁时，与徐氏结婚。徐氏是个贤惠温顺的女子。婚后他们有了两男一女，为了养家糊口，板桥只得辍学了。

板桥年轻时喜欢写字，爱好学画。他特别爱画竹。他家原有两间茅屋，茅屋的南边有些空地，种了许多竹子。每天早晨，板桥起床后就去看竹。竹，"劲节可风，潇洒不俗"，"历四时而长茂，值霜雪而不凋"，时时引起画家的共鸣。此外，他还画兰、画石。20岁左右，板桥的兰、竹、石已画得十分出色了。随着年事增长，阅历丰富，功夫日深，兰、竹、石在他笔下越来越不同凡响。于是他就常常以卖画鬻字来解救生活的贫困，所谓"日卖百钱，以代耕稼，实救贫困，托名风雅"。

苦孩子求学记

陶行知出生在安徽省一个贫苦的家庭，父亲是个穷秀才，虽然满腹经纶，但不会趋炎附势，所以一直富裕不起来。母亲是个勤劳善良的劳动妇女，从早到晚起早贪黑地为一家人操劳。行知从小就很勤快，常常帮妈妈做些家务。稍大一些的时候，小行知就对爸爸手里的书很好奇。他觉得那里有很多他很想了解的东西，爸爸很喜欢行知。总把他抱在手里教他读书识字。

邻村小学有个老师叫方庶咸，常到陶行知家串门，他博古通今，

知识很渊博。他很喜欢聪明伶俐的小行知，决心培养他。他向陶行知的父亲提出："让行知到我这里学习吧，不收他一分学费。"陶行知的父亲虽然也能教育他，但因为要忙于生计，所以就让行知到方老师那里学习了。小行知就这样成了方老师手下的一名小学童。方老师的教育方法很特殊，他先从自然知识或常识讲起，比如："天为什么会下雨啊、地震是怎么回事啊"等，很符合小孩子的口味，小行知很喜欢跟着方老师学习。小行知得到的启蒙教育不像一般小孩是在背诵"人之初，性本善"的《三字经》中度过的，这对他以后开拓新式教育很有影响。

行知10岁的时候，父亲在外地找了一份新的差事，他不得不随着父亲离开原来住的地方。当地有一位姓许的老先生人品、学问都很好。父亲将行知送到许先生的门下。德高望重的许先生知道行知是个好孩子，所以很高兴收下了他，还不收他学费。但因为行知家和许先生的学馆相隔较远，行知只能隔3天去一次许先生家，剩下的时间自己学习。

对于一个12岁的孩子来说，每3天就走15里的路去求学是很辛苦的事情，但行知从来没抱怨过。许先生一开始担心行知坚持不下来，后来发现行知没旷过一次课，无论刮风还是下雨都坚持准点到达学馆，而且每次布置给他的任务都完成得很好。他私下里常对行知的父亲说："这个孩子的勤奋和聪明，我教书这么多年都是少见的，你一定不能耽误了他啊！"

直到很多年后，许先生还念念不忘行知，一直打听他的状况。

17岁时陶行知以第一名的成绩在中学毕业了，但他不满足于已有的知识，还想求学深造，以掌握更多的本领。可是当地已经没有更高级的教育机构了，另外他还不知道选什么专业。

后来，陶行知仔细思考后决定去学医。促使他产生这一念头的原因是他夭折的哥哥和姐姐。因为陶行知是在农村长大，那里缺医少药，陶行知记得当年哥哥和姐姐病重的时候家里没办法，只好找来巫医，那些巫医胡言乱语，耽误了治病的良好时机，让他们不明不白就死去了。这些深深刺痛了陶行知幼小的心灵。农村许多病人都是这样被耽误的。他们经常为了一点小病就得到很远的地方去买药，有的没钱只好等死。因此陶行知抱着帮老百姓除病祛邪的心愿要学医。他的想法得到了家里人的支持。

到外地求学对于家境不好的陶家来说是个不小的负担，他们自己准备了行李，东拼西凑准备了生活费，送他到杭州的广济医学堂去读书。但陶行知在学堂刚学习了几天，就决定退学了。因为这个学堂和教会勾结，突然宣布不入教不参加洗礼的学生不得免费在学校读书。陶行知认为，这种做法对学生是不合理的。所以他宁可失去这种权利，也不愿意在这里读书。为了找到一个不收费的学校，他来到上海。白天行知一条街一条街地转，看见学校就进去问一下，能否收他读书；晚上就在船码头找个背风的屋角翻看报纸，希望能发现一条免费入学或者有奖学金的学校。困了，就盖着报纸随便睡一觉。

几天过去了，行知求学毫无结果，他犹豫了，怎么办好呢？是回家还是留在上海继续寻找机会呢？摸着身上仅有的几枚硬币，行知开始心慌了，正当他拖着沉重的双腿在上海外滩行走的时候，突然一个熟悉身影闯进他的视线，原来是他中学的校长——唐校长。行知高兴地跑上去……

听完了行知的叙述，唐校长为他不辞辛苦、一心求学的精神深深感动了。他告诉行知不用担心，一切由他来安排。几天后，唐校长为陶行知联系到南京汇文学院读书，并为他提供全部的上学费用。陶行知终于又能上学了，他一生都感激这位唐校长的恩德。

手抄《资治通鉴》

顾炎武是明末清初著名的思想家和学者。他一生勤奋治学，"自少至老，未尝一日废书"，广泛涉猎经、史、音韵、金石、舆地、诗文诸学，在学术上取得了极其辉煌的成就。

顾炎武从小就受到良好的教育，到10岁的时候已经将《孙子兵法》、《吴起兵法》、《左传》、《国语》等经典著作都读了，而且每本书都做了读书笔记，写出自己的读书心得。

一天，10岁的顾炎武来到祖父的房间，看到祖父正在看《资治通鉴》，好学的他以前就听别人讲起过，但那具体是怎样的一本书，自己并不清楚，因此便向祖父发问。祖父看见他急切的样子，想到可以引导他读这本书，就笑着对他说："这是现存的最大编年体史书，内容丰富，知识浩瀚，是宋朝的大学者司马光编的。目的是将天下历史都综合起来编成一本，让皇帝看。但它的卷数太多了，因此很多人开始的时候很想读这本书，但往往坚持不了多久就放弃了，这里面就包括很多大学者、大文人的故事，所以真正能读完的真是少之又少啊。"

顾炎武瞪大眼睛听着祖父的介绍，心里不由涌起一股强烈的求知欲望，他暗下决心，自己一定不能错过这么好的书。于是对祖父说："再大的书只要想读没有读不完的，读不完的都是因为没有毅力。"祖父听了这话很是激动，高兴地问道："你是想读这部书吗？""那么多的知识在里面，当然想读了。而且我下决心用三年读完。"祖父拍着顾炎武的肩膀说："好孩子，有志气，我祝你成功。"说着，就将第一部《资治通鉴》搬出来给顾炎武，顾炎武回到书房后并没有急着看，他先详细地制定了一个读书计划：首先，他给自己规定每天必须读完的卷数；其次，他限定自己每天读完后把所读的书抄写一遍。他读完《资治通鉴》后，一部书就变成了两部书；再次，要求自己每读一本书都要做笔记，写下心得体会。他的一部分读书笔记，后来汇成了著名的《日知录》一书。最后，他在每年春秋两季，都要温习前半年读过的书籍，边默诵，边请人朗读，发现差异，立刻查对。他规定每天这样温课200页，温习不完，决不休息。

自从开始读《资治通鉴》后，顾炎武更少出门了，他每天只有按照自己的计划将规定的任务量完成之后才会干别的，雷打不动。即使生病的时候也不例外。三年的时光一晃而过。

这天，顾炎武捧着最后一部书来到祖父的书房，非常高兴地说："我已经把书都读完了。"说着，又回到自己的房间把厚厚一摞读书笔记抱了过来，祖父翻开一看，里面用工整的小字将他对书的认知、疑惑都很清楚地写了出来。祖父不禁连连点头，问他："你的那部手抄本《资治通鉴》还在坚持吗？"顾炎武点点头，祖父感慨道："从司马光编完，也没有几个人能把它抄完啊，你真是有毅力有志气的好孩子！"

祖父看到顾炎武志气如此大，如此刻苦，感到他非一般少年可比，于是就下工夫教育他，主动教他学习天文、地理、政治、兵农等知识，引导他了解社会，关心国家大事，为他一生的治学开辟了宽阔道路，为以后的顾炎武成为文学、哲学、历史、地理等各方面兼通的大学者奠定了坚实的基础。

闻鸡起舞

祖逖小时候性情豁达、狂放，但是不太喜欢读书，一直到十四五岁时还没有开始读书。他的哥哥们都很优秀，看到弟弟这样每天混日子，都替他发愁。然而，祖逖为人十分大方，每当见到穷苦的人家，他就以哥哥的名义散发谷物或者布匹来救济穷人，因此乡里的百姓都很敬重他，并不觉得他无所事事，反而觉得他以后会成大器。

祖逖有个好朋友叫刘琨，两个人志趣相投，感情很好，经常在一起讨论问题，有时候谈到国家大事，两个人往往会谈到深夜。因此两个人在一起睡觉。

有一天夜里，正当他们睡得正香的时候，突然外面传来一阵鸡叫的声音，把祖逖惊醒了。祖逖猛地坐起来，往窗外一看，一轮圆圆的月亮还挂在天边，东方还没有发白。

按照当时迷信的说法，在半夜鸣叫的鸡是荒鸡，荒鸡的叫声是不吉祥的。可是，祖逖根本就没有往吉祥不吉祥上去想。他听到鸡叫后，就踢刘琨，嘴里喊着："起床了！快起床！"

刘琨此时正在做着美梦，迷迷糊糊的，忽然一下子被祖逖叫醒，以为发生了什么事情，一边揉着眼睛一边赶忙问："怎么了？怎么了？"祖逖说："你听，鸡叫了！"刘琨一听，原来如此，就不以为然地说："深更半夜的，那鸡叫是不吉祥的，快睡觉吧！"祖逖似乎没有听到他的话，继续说："那鸡叫的声音多么洪亮啊，根本不是不吉祥，那是在督促人们早点起来奋发图强！"听了这句话，刘琨的睡意全没有了，他的脸一下子红了，心里默默地想，是啊，我都好久没有练剑法了,那只鸡似乎是在催我们早起练武啊。"

他们两人再也睡不着了,于是他们起床下地,开始一心一意地练起剑法来。皎洁的月光洒在大地上,微风徐徐吹过,似乎在夸奖这两个年轻人:好样的,现在练好本领,将来好为国家出力!

祖逖的努力果然没有白费。后来他招募了不少战士,他们英勇作战,收复了长江以北黄河以南的大部分地区,因此得到了广大人民的衷心拥护。他的胜利和他在人民中的威望,引起了统治者的猜疑。祖逖看到朝廷不信任自己,内心十分痛苦,最终在忧愤中死去了。人们为祖逖建造了祠堂,表示对他的深切怀念和景仰。

"闻鸡起舞"这个成语就是从祖逖这里来的,人用它来形容一个人怀有壮志、勤奋努力。

呕心沥血谱华章

我国唐代著名诗人李贺,天赋极好,7岁时就能写出很精彩的诗歌、文章,受到当时一些有名望的人的赞赏,被认为是小神童。尽管李贺聪颖过人,可他依然十分努力,从无丝毫的懈怠,作文、写诗都非常严肃认真,从不马虎草率。

李贺写诗、作文有与众不同的习惯,他不是闭门造车、冥思苦想,而是十分注重搜集材料、积累心得、捕捉灵感,他特别注意观察生活、实地考察。他习惯每天早上骑着家里那匹瘦马外出游览,每每有了什么见闻或心得体会,便当即记录下来,装进随身带的绣花锦囊之中。当太阳落山的时候,李贺再往回家的路上走去,到家常常已是掌灯时分,家里人早已吃过晚饭了。

李贺回到家,他母亲赶紧叫仆人端上热过的饭菜,可是李贺依然没有急着去吃饭，而是将白天写的那些草稿从锦囊中取出来，及时修改、整理，然后誊写清楚，集中放入另一绣花锦囊之中，这才吃饭、休息。李贺天天如此坚持不懈，只要不是因病或家里办重大的红白喜事，他都从不停止这样做。

一天晚上，待李贺回家做完这一切躺下睡着后，他的母亲来到他的房间，取过锦囊将里面的东西全倒出来一看，竟都是些诗稿、笔记，除此以外，别无他物。他母亲想到这孩子一向体弱多病，再看他倒床便睡的疲惫不堪的样子，十分心疼又担忧地叹息道："这孩子真是非要把心呕出来才肯罢休啊！"

李贺虽然很年轻时就去世了，可他的很多诗作却成为人们喜爱的传世佳作，为了这些佳作，他真正是到了呕心沥血的地步。

勤学好问的列宁

伟大的无产阶级革命导师列宁，从小就是一个学习成绩优秀的孩子。大家都听过砸花瓶的故事，他不仅是个诚实、敢于认错的人，在学习上他也同样诚实，从小就养成了不懂就问的好习惯。

列宁在学校里每门功课都学得很好。老师讲课时，他认真听；老师留的作业，他认真做。做完学校的功课，列宁还会读很多课外书，他还常常把书里的故讲给周围的小朋友听。有人问小列宁读书成绩优异的秘诀是什么，他说："没有什么秘诀，读书是我喜欢做的一件事，而且遇到不懂的问题我一定要搞明白。"

列宁就是这样一个勤学好问的人。有一次，列宁和几个小朋友在外面玩。他们有的拿着小铲子，有的拿着小桶，这里铲铲，那里挖挖，还不时地给小树们浇点水，玩得不亦乐乎。

忽然，其中的一个小朋友忽然大喊起来："你们快来看，我挖到了什么东西呀？"小朋友们一窝蜂似的朝发话的小朋友跑去。原来这个小朋友挖到了一个屎壳郎的窝，里面还有很多圆圆的粪球。

"为什么会有这么多的粪球啊？"忽然有个小朋友问道。

"肯定是屎壳郎把粪球带到窝里去了呗。"

"真是奇怪哦，屎壳郎为什么要把粪球带到窝里去呢？"

小朋友们开始了七嘴八舌的讨论，问题和回答也稀奇古怪的。可是，这个问题大家一下子都回答不上来了。于是，旁边的一个小朋友问列宁："列宁，你的学习很好，你不是也经常看一些课外书吗？你给咱们说说为什么屎壳郎会把粪球带到窝里去呢？"

"让我来想想吧。"列宁挠挠头说。可是想了好久，又观察了半天，列宁还是没有想明白为什么屎壳郎会把粪球带到自己的窝里去。这个问题真是把小列宁给难住了。不过，列宁还是没有在问题面前退缩。他告诉小朋友们，三天以后给他们解开答案。

一路小跑回家的列宁，找到哥哥后向他求助。可是哥哥想了半天后，也想不出来究竟是什么原因。于是，哥哥就建议列宁去找找家里的书，看看是否能从书上得到答案。小列宁在翻遍了家里的书后，发现藏书大都是成年人看的，根本没有他要找的相关知识。

但是，小列宁并不灰心。第二天，他一大早就跑到了图书馆。在那里待了整整一个上午，在查阅了好多书籍后，终于在其中的一本中找到了他所需要的答案。

第三天，小列宁按时为大家带来了详细的答案：屎壳郎学名蜣螂，是甲壳类昆虫，主要以动物的粪便为食，有着"自然界清道夫"的称号。屎壳郎为什么会把粪球带到窝里去呢？小列宁继续为大家解释道，原来是屎壳郎把卵产在了粪球上，幼虫孵出来以后，就可以把粪球当成食物吃掉了。

小列宁的答案，不仅为小朋友们解答了他们心中的疑问，而且也告诉了他们许多还没有想到的问题。听到屎壳郎问题的圆满解答，小朋友们脸上都露出了开心的微笑。

努力自学的伽利略

伽利略是意大利物理学家、天文学家和哲学家，近代实验科学的先驱者。为了纪念伽利略在天文方面的巨大贡献，人们把木卫一、木卫二、木卫三和木卫四命名为伽利略卫星。人们敬佩地说："哥伦布发现了新大陆，而伽利略则发现了新宇宙。"

伽利略的父亲是一位抑郁不得志的音乐家，精通希腊文和拉丁文，在数学方面也颇有天分。伽利略小时候受到父亲的熏陶，有着极好的教养。

伽利略在12岁时，来到佛罗伦萨附近的瓦洛姆布洛萨修道院，接受古典式教育。17岁时，他又进入比萨大学学医，学医的同时还潜心钻研物理学和数学，因为他对这些学科十分感兴趣。可是因为家庭困难，经济程度不足以完全支付学费，所以到了最后伽利略没有拿到毕业证书，便离开了比萨大学。

在十分艰苦的环境下，伽利略仍坚持学习，认真学习了了欧几里得和阿基米得的许多著作，并且根据这些著作做了许多实验，并发表了许多有影响的论文，从而受到了当时学术界的高度重视，被誉为当时的阿基米得。

在伽利略18岁那年，一次到比萨教堂去做礼拜，他注意到教堂里悬挂的那些长明灯被风吹得左右摇摆并且十分有规律，他好奇地计算着摇摆的频率，用自己脉搏的跳动来计算时间，他惊奇地发现它们往复运动的时间总是相等的，从而发现了摆的等时性，后来荷兰物理学家惠更斯根据这个原理制成挂摆时钟，人们都把这种钟称之为"伽利略钟"。

在当时，古希腊在物理学说方面有两大学派，一派以哲学家亚里士多德为代表，另一派则以自然科学家阿基米得为代表。然而从11世纪起，在基督教会的扶持下，亚里士多德的著作得到了经院哲学家的重视，把亚里士多德的物理学奉为经典，凡违反亚里士多德物理学的学者均被视为"异端邪说"。

但伽利略却对亚里士多德的物理学抱怀疑态度，相反他特别重视对阿基米得物理学的研究，他重视理论联系实际，注意观察各种自然现象，思考各种问题。亚里士多德认为两个物体以同一高度落下，重的比轻的先着地。但伽利略经过反复的研究与实验后，得出了与之截然相反的结论：物体下落的快慢与重量无关。

1590年，伽利略在比萨斜塔公开做了落体实验，大家都赶来看。一些朋友还劝他说道："别做这样的试验了，到最后丢脸的只有你，谁能扳倒亚里士多德的理论呢？"

"是啊，伽利略，你别犯傻了，就算你的看法是正确的，也没有人会支持你啊。"

伽利略却十分坚持地说："不，我就是要把这个事实演示给大家看。真理就是用实验证明的。"后来，他拿出两个大小和重量不同的铁球来，同时让它们下落，结果出人意料的是：两个铁球竟然同时落地！

实验证明了亚里士多德的说法是错误的，也使得亚里士多德的思想学说第一次在人们心里发生了动摇。

小结巴想做演讲家

丘吉尔出身于一个贵族世家,家庭条件很优越,在当地享有很高的名望。但是,小丘吉尔似乎一点都没有继承那个家庭的高贵血统,他呆头呆脑的,上课的时候总是不知道在想什么。这还不算什么,小丘吉尔还有口吃的毛病。在班上他的成绩永远是最差的,可是他从来都不在乎。这让老师很是讨厌他。

一天,老师发现在教室角落里的小丘吉尔又不知道在想什么。于是,老师就很生气地问:"丘吉尔,你在干什么?"可是小丘吉尔似乎沉浸在自己的世界里,根本没有听到老师在叫他。

老师更生气了,他走到小丘吉尔的面前,气愤地拍着桌子说:"如果你还不回答我的问题,我就把你赶出去。"小丘吉尔惊慌地站了起来,但还是什么都没有说。

老师发怒了,大喊着:"你把你父亲的脸都丢光了,将来你只能做个可怜的寄生虫。""不,我我我……我要做……做个……演讲讲讲家……"小丘吉尔的话还没有说到一半,同学们就"哈哈哈"地大笑起来。

放学的路上,一群同学追了上来,他们围住小丘吉尔,嘲弄地对他喊:

"讲话都讲不全,还想当演讲家?"

"做梦去吧!"

……

小丘吉尔想辩解几句,但是自己就是说不出来,他开始着急,结果越是着急越是说不出来,他涨红了脸。

回到家里以后,父亲看到儿子很是惊讶:小脸绷得紧紧的,和他说话也不理。他把自己关在屋子里,对着墙上的那面大镜子,开始练习说话。他把每个单词的音节都一个音一个音地读,然后连起来读出整个单词,最后再一个字一个字地纠正。练习了一段时间以后,他就开始把几个单词放在一起连着读,一直到最后,他把整个句子连起来读。

从那天开始,他像换了个人似的。他不再害怕同学们的嘲笑,在课堂上主动要求起来朗读课文,尽管还是会口吃,读得也不连贯,但是,小丘吉尔在努力。回到家里,他就对着镜子大声地一遍一遍地说话,直到最后,他能够很连贯地说一个句子,甚至一大段话。后来,他还背诵了大量著名的演讲词。

功夫不负有心人,小丘吉尔终于取得了极大的进步。后来竟然成为英国的首相。

海伦·凯勒

她从很小的时候就集聋、哑一身,但她却奇迹般地学会了英语、法语、拉丁语和希腊语,她的著作被译成50余种文字,风靡了五大洲的各个角落;她没有做过任何惊天动地的大事业,但却受到全世界亿万人民的敬仰和爱戴,她不但给聋哑盲人以鼓舞,而且给正常人以力量。她,就是享誉全球的美国盲人作家海伦·凯勒。

海伦·凯勒,1880年诞生于美国亚拉巴马州的一个小镇——特斯开姆比亚。生下来19个月后,海伦突然发起了高烧。高烧退后,妈妈给她洗澡时惊讶地发现,她的小眼睛一眨也不眨。眼科医生的检查表明小海伦双目失明。紧接着妈妈又发现海伦失去了听力。3

岁时，海伦连话都不会说了。

　　海伦长得很快，身体也很结实。但由于对外部世界一无所知，脾气很古怪，动不动就会大发雷霆。她经常扑倒在地上，发出阵阵尖叫；起床后拒不洗脸；吃饭时调皮捣蛋。关于这般经历，海伦后来写道："那时，我仿佛感到被一只无形的手紧紧抓着。于是，拼命想挣脱这种束缚。"但是海伦并不像大多数聋哑盲童那样落落寡合，她身上似乎蕴藏着一股巨大的力量。这大概就是她日后取得成功的原因所在。

　　1887年，经人介绍，一个受过教育的爱尔兰姑娘安妮·莎莉雯做了海伦的家庭教师。从那以后整整半个世纪，安妮一直是海伦朝夕相守的良师益友。安妮是爱尔兰移民的后裔，爸爸是个酒鬼，每逢酒醉经常对她拳脚相加。1880年安妮因患沙眼双目失明，被送进了珀金斯盲人学校。经过两次手术，双眼恢复了视力。但她毕生却受到眼病的折磨，晚年再一次双目失明。

　　安妮一到亚拉巴马，就被海伦吸引住了。她刚下车，海伦就向她扑来，用手摸着她的衣服和脸。安妮拿出了珀金斯盲人学校的小朋友送的洋娃娃。海伦立刻爱不释手地玩了起来。趁此机会，安妮在她手上写下"d-o-l-l"（洋娃娃）几个字母，海伦的注意力马上被这一陌生的举动吸引住，模仿起来。这是海伦第一次学习写字。

　　为了便于教育，安妮把海伦从双亲身旁领到附近的一所农庄。她发现海伦已经能够用许多方法表达自己的意图。想要冰棍，她就摇动一个想象中的制冷器的摇柄；想要面包加奶油，她就做出切面包和涂奶油的动作。她还假装戴上眼镜模仿她爸爸的样子。安妮又用手语教给了她一些新字：针、帽子、杯子和坐、站、走等动词。

　　两个星期后，安妮带着海伦到水房去汲水，当清凉的水流过海伦的手时，她在海伦的手上拼下了"w-a-t-e-r"（水）这一单词。海伦后来回忆说："不知怎的，语言的谜突然被揭开了，我终于知道水就是流过我手心的一种物质。这个活的字唤醒了我的灵魂，给我以光明、希望、快乐。"

一个星期过后，海伦已经认识了400多个单词和许多短语。花丛旁、大树下成了她们的教室；蜜蜂、蝴蝶、小鸟、鲜花成了她们的教具。安妮用泥土给海伦做了个地图，用线绳、树枝做成赤道、子午线、南北两极。她还用串起的珠子教海伦数数，用幼儿园小朋友使用的木棍教加、减法。经过一个月的努力，海伦进步很快，可以一字不误地写信了。海伦写的字是方形的艺术字，一笔一画非常清楚。

海伦8岁时，安妮把她带到了珀金斯盲人学校。一个新的世界向她打开了。她可以看许多盲文书籍，可以用手语和其他儿童交谈。她学习的课程有算术、地理、动物、植物和语文。学校的学习和家里不拘形式的学习完全不同，但海伦对每门课都非常认真，作业做不完决不罢休。这种不知疲倦、勤勤恳恳的作风一直坚持到她的晚年。

1890年春天，海伦听说一个挪威聋哑盲姑娘学会了说话，胸中燃起了希望。她在安妮的手上写道："我要说话。"

安妮领着她去找波士顿霍勒斯·曼聋哑学校的校长萨拉·富勒小姐。富勒小姐立即开始教海伦说话。她把海伦的手指放进自己的嘴里，让海伦感觉她舌头、牙齿的位置和下颌的运动。

然后富勒小姐把舌头顶住下牙床，做好发"I"音的准备。接着把海伦的食指放在她牙齿旁，另一个指头放在咽喉处，再反复地发"I"音。富勒刚一停止，海伦就用手把自己的牙齿和舌位摆正，发出的音几乎和富勒的一模一样。接着她们又开始练习"a"、"o"两个元音。这两个音海伦发得很清楚。学完"a"、"o"后，又开始学"PaPa"和"MaMa"，富勒一边念，一边在海伦的手上划出两个音节间的相对长度。模仿几遍后，海伦就可以正确地发这两个字的音了。海伦跟着富勒小姐上了11节课，但这只是长期奋斗的开端。为了改进发音，她日复一日，月复一月，年复一年地苦练着。安妮说话时，她用手指去感觉安妮喉咙的振动，舌头和嘴唇的运动。

她说话的声音听起来有些怪里怪气，语调平平的，不分轻重音。每当需要加强语气时，就用攥成拳头的右手在左手手心上一击。尽管如此，她的声音代表了她为之奋斗的生活的一个重要方面。她对语言的掌握被称为"教育史上最伟大的成就"。

不久后，海伦通过用手摸别人的嘴唇的方法解决了"听"的问题。她把食指放在说话人的嘴唇上，中指放在鼻子上，大拇指放在喉咙上，就可以清楚地"听"到对方的声音。通过这种办法，她"听"到了马克·吐温妙趣横生的笑话和著名歌唱家恩赖克、卡鲁索的歌喉。更有趣的是：把手轻轻放在小提琴上，她竟能"听"到小提琴的演奏！

几年后，海伦的听说能力都有很大提高，接着她进了吉尔曼女子中学。上课时安妮总是坐在海伦身旁，把老师讲的内容写在她的手上。1900年，海伦考进了哈佛大学的拉德克利夫学院，成了有史以来第一个进入高等学府的聋哑盲人。

但是大学生活使海伦感到有些失望。她觉得没有独立思考的时间。上课时无法记笔记，因为她的手在忙着"听讲"。回到宿舍后再匆匆地把脑子里记下的东西写下来。她们从德国等地弄了一些盲文书籍，海伦贪婪地读着，直到手上磨起了血泡。

1904年，海伦大学毕业，并在英语方面取得了优异的成绩。刚一毕业，欧美各主要报刊的约稿信就像雪片般涌来。这一年，海伦应邀至圣路易斯博览会，呼吁全世界关心聋盲人的教育问题。

1914年，海伦和安妮开始了第一次演讲旅行，同行的有她的秘书兼管家波莉·汤姆森，一个活泼能干的苏格兰姑娘。

20世纪30年代海伦不断访问欧洲和亚洲各国。她非常关心聋哑盲人的状况，为他们呼吁，为他们募捐。为此，许多国家授予海伦荣誉学位和奖章。

与此同时，安妮的身体状况越来越坏，几乎双目失明，再也不能陪伴精力充沛的海伦了。她最终于1930年逝世了。同年，美国政府授予海伦·凯勒和安妮·莎莉雯"罗斯福勋章"。

1950年，海伦和汤姆森小姐住在康涅狄格州的韦斯特波特附近。每天吃早饭时，汤姆森小姐都把当天的要闻念给她"听"。如果天气好，她就在花园里干点活。剩下的时间几乎都在书房里的打字机前度过。

海伦·凯勒凭着坚定的信念，不断努力，克服生活、学习中的种种困难，从而创造了传奇的一生。

"我的知识都是捡来的"

林肯出生在美国肯塔基州的农民家庭，穷人的孩子早当家，6岁那年，林肯就帮家里做些力所能及的活了，如割草、砍柴、喂马等。生活的艰难让全家屡次迁移。后来父母为了他的前程着想，把他送到学校断断续续地读了一年书，但由于老师嫌那里的生活环境太艰苦，最终离开了。这样，小林肯又失学了。但这一年的教育足以唤起小林肯的求知欲，从此以后，他对书本、知识有着特殊亲切的感情，觉得它们是自己生命不可分割的一部分。

林肯即使在做农活的时候也会带着一本书去，这样不久就把家里有限的藏书看完了。对书本的饥渴让林肯觉得很难熬，于是他开始四处借书看。有时候，为了借到一本书，林肯常常要走上几千米的路，这对于一个还不到10岁的孩子实在是难得。林肯就是这样让自己从来不缺书读。

一天，林肯到邻村很有名望的鲍里斯医生家打短工，以补贴家用。他在帮鲍里斯医生打扫房间的时候在桌子上发现一本崭新的《华盛顿传》，喜欢读书的林肯再也动不了了。他一遍遍抚摸着崭新的书舍不得放下。为了能读到，他大着胆子向鲍里斯医生开口借这本书。鲍里斯医生觉得林肯还小，肯定看不懂，加上是新书怕他弄坏，舍不得借给他。就问："你能看懂吗？"林肯马上说："是的，我想我可以。""这是新书，我还没来得及看，你能保管好吗？""您放心，我一定好好保管。""那好，既然你这样喜欢，就借你看几天，但你要记着自己说过的话，不能弄脏弄坏。"

借到书后林肯高兴极了，回到家后马上翻开了书，虽然已经干了一天的活，但他依然看到12点多，妈妈催了好几次，他才爱不释手地放下书。劳累了一天的林肯很快进入梦乡，但他很快被一阵雷声惊醒，他忽然发现屋顶里漏雨了。想到那本书，他一下跳起来。但是已经晚了，书完全被雨水淋湿了。他又着急又害怕，差点哭出来。

第二天，鲍里斯看到林肯手里那本已经面目全非的书，有些生气了。"小家伙，你可是向我保证过的，不把它弄脏。""对不起先生，我实在不知道夜里下雨了。""你知道，这本书值多少钱吗？""我知道，我可以为您干活，用工钱来赔偿这本书。"就这样，林肯又为鲍里斯医生干了三天活。等到第三天的时候，鲍里斯先生被林肯的诚实感动了。"行了，这本书归你了。"

林肯勤奋好学的故事从此也传开了，人们都愿意把自己的书借给他读。几年后，林肯把远近几十里内能借到的书都读遍了。后来林肯回忆自己的经历说："我的知识都是捡来的。"

刘禅贪图安逸

三国时，蜀国的刘备在驾崩之后，把皇帝的位置传给他的儿子刘禅，并请丞相诸葛亮来辅佐刘禅治理国家。

刘禅有个小名叫做阿斗，阿斗当了皇帝后，每天只会吃喝玩乐，根本不管事，还好有诸葛亮帮他撑着，蜀国才能一直很强盛。可是，当诸葛亮去世之后，魏国马上派兵来攻打蜀国。

公元263年，魏国大将邓艾攻下绵竹，大军直逼成都。刘禅投降，当了俘虏，蜀汉灭亡。魏帝曹奂命刘禅迁到魏国都城洛阳居住，并封他为安乐公，给予他很多赏赐。刘禅对此很满足，贪图安逸，心安理得地在异国他乡重过享乐生活。

有一天，魏国的大将军司马昭请阿斗吃饭，故意叫人来表演蜀国的杂耍，想羞辱这些蜀国来的人。旧大臣们看到这些蜀国的杂耍，触景生情，都非常难过，有的还流下了眼泪。可是，阿斗却看得津津有味，乐不可支，他高兴地拍着手说："好耶！好耶！真是好看耶！"一点也没有伤心的样子。后来，司马昭故意讽刺阿斗说："怎么样？在这里过得开心吗？想不想蜀国呀？"没想到，阿斗居然开心地说："此间乐，不思蜀。"意思是说："不会呀！在这里有得吃有得玩，我呀！一点也不会想念蜀国呢！"司马昭听了以后，在心里窃笑："真是一个扶不起的阿斗呀！难怪会让自己的国家亡掉！"

原在蜀汉任职的郤正得知此事后，暗地里对阿斗说："今后大将军再问您是否还思念蜀地，您应该哭着说，我没有一天不思念。这样，您还有希望回到蜀地去。"不久，司马昭果然又问阿斗是否还思念蜀地，阿斗照郤正教的说了，还勉强挤出了几滴眼泪。不料司马昭已知道郤正教阿斗说这话的情况，听后哈哈大笑，当场点穿，阿斗只得承认下来。

刘禅，这个"扶不起的阿斗"因贪图安逸而遗臭万年。

陈后主淫乐亡国

陈后主，名叔宝，字元秀，南朝陈的亡国之君，公元583年至589年在位。其在位期间沉溺酒色歌赋，拒忠谏而近邪恶，最终陈朝被隋朝所灭，自己也沦为阶下囚。

陈后主酷爱文学，善待文士，在他的大力推广之下，南朝文坛有所振兴。但是，作为一个统治者，他生活奢侈、沉迷淫乐也是历史上有名的。

陈后主自小生长在深宫之内，不懂民间疾苦。他在位期间，大兴土木，建造豪华楼阁，让宠妃们居住。他手下的宰相江总、尚书孔范等，是一伙腐朽的文人。陈后主和宠妃经常在宫里举行酒宴，并让他们一起参加，君臣喝酒赋诗，吟唱作乐，所作多为酬唱应和的靡音艳词。此外，他们还特别选择华丽美艳的诗赋配上曲调，选出较有姿色的宫女1000多人，由她们来练习演唱。其中，《玉树后庭花》最为"绮艳相离，极于轻薄"，最后甚至成为以"亡国之音"著称的传世之作。

就在陈后主过着安逸荒唐生活的同时，北方的隋朝越发强大，决心灭掉南方的陈朝。公元588年，隋文帝派兵准备渡江进攻陈朝。而此时的陈后主正跟宠妃、文人们醉得七颠八倒，他收到警报，连拆都没有拆，就往地上一丢了事。后来，警报越来越紧了，有的大臣一再请求商议抵抗隋兵的事，陈后主才召集大臣商议。陈后主说：

"东南是个福地，从前北齐来攻过三次，北周也来了两次，都失败了。这次隋兵来，还不是一样来送死，没有什么可怕的。"他的宠臣孔范也附和着说："陛下说得对。我们有长江天险，隋兵又不长翅膀，难道能飞得过来？这一定是守江的官员想贪功，故意造出这个假情报来。"大家你一言，我一语，根本不把隋兵进攻当作一回事，继续饮酒作乐。

公元589年正月，隋军逼近建康（今江苏南京），陈后主这才如大梦初醒，但为时已晚。隋军顺利攻进建康城，陈军将士被俘的被俘，投降的投降，陈后主和两个妃子躲进一口枯井中，最终还是被抓住。南朝最后一个朝代陈朝灭亡了。

元顺帝玩乐丧国

元朝末年，吏治腐败，财政破产，军备废弛。蒙古贵族伯颜独秉国政，国家腐朽至极，各地民变此起彼伏，顺帝却怠于政事，终日花天酒地。

元顺帝非常喜欢玩乐，而且因为会制造许多器具、玩物，被称为"鲁班天子"。当时，京师饥荒，瘟疫流行，甚至发生了父子相食的惨剧，可顺帝不顾百姓死活，仍然埋头在御花园里设计制造他心爱的龙舟。

他迷信番僧，立为国师，修习各种荒淫之术。他编创了一种名为"16天魔"的舞蹈，挑选出16个能歌善舞的宫女，宫女轻扎小辫，头戴佛冠，身披璎珞，肩披云纱，手执法器，翩翩起舞。旁有11个宫女伴奏，场面甚是奢华。16个宫女载歌载舞，顺帝如痴如醉。他酷嗜天魔舞女，唯恐大臣们多嘴，便在殿中挖地道，直通天魔舞女处，寻欢作乐，不分昼夜。

　　元顺帝沉湎于淫乐，不理朝政，却不知各地的农民起义已呈星火燎原之势。公元1351年，韩山童、刘福通发动红巾起义，各路豪杰揭竿而起，朱元璋扫平群雄。公元1367年10月，朱元璋命徐达为征虏大将军、常遇春为副将军，率军25万开始北伐。第二年闰七月，大军攻下通州，逼近北京。元顺帝与群臣商议，主张弃城北逃，宦官赵伯颜不花跪在地上放声恸哭道："这是世祖好不容易打下的江山，应当死守，陛下怎能轻易放弃？臣愿意率将士出城拒敌，愿陛下固守京城。"元顺帝哀声长叹道："我夜观天象，知大元气数已尽。时至今日，我岂能再像徽、钦二帝一样做俘虏呢？"于是他在半夜里带着后妃、太子和一些近臣，悄悄出了健德门，向北仓皇逃去。

　　八月，明军攻入大都，元朝灭亡。

三、诚实守信故事

诚信，即诚实，守信用，不虚假，是中华民族的传统美德之一。诚信如同金子，品质越纯正就越珍贵，值得每个人将它珍藏在心中；诚信又像一面镜子，照出灵魂的善恶美丑，让人们看清是非、自警自励。

学古训

诚,自不妄语始。

出自宋·俞文豹《吹剑录》。妄语:谎言,胡说。诚实,应该从不说假话开始。用来指诚实的人要做到不胡乱说话,不说谎话。

小信成,则大信立。

出自《韩非子·外储说左上》。在小的事情上讲究信用,那么大的信用才能建立。用来指诚信要从点滴做起,小事情上做到了诚信,大的信誉才能建立起来。

与朋友交,言而有信。

出自《论语·学而》。与朋友交往,一定要讲信用。强调友谊中彼此的诚信很重要。

轻诺必寡信。

出自《老子》第六十三章。意思是轻易做出的承诺一定缺少信用。用来告诫人们许诺要慎重。

以信待人,不信思信;不信待人,信思不信。

出自晋·傅玄《傅子·义信》。待人诚信,即使以前不信任的,也会转为信任;待人虚伪,即使以前信任的,也会变得不信任了。告诫人们要诚实守信。

看故事

曾子杀猪

一个晴朗的早晨，曾子的妻子梳洗完毕，换上一身干净、整洁的蓝布新衣，准备去集市买一些东西。她出了家门没走多远，儿子就哭喊着从身后撵了上来，吵着闹着要跟着去。孩子不大，集市离家又远，带着他很不方便。因此曾子的妻子对儿子说："你回去在家等着，我买了东西一会儿就回来。你不是爱吃酱汁烧的蹄子、猪肠炖的汤吗？我回来以后杀了猪就给你做。"这话倒也灵验。她儿子一听，立即安静下来，乖乖地望着妈妈一个人远去。

曾子的妻子从集市回来时，还没跨进家门就听见院子里捉猪的声音。她进门一看，原来是曾子正准备杀猪给儿子做好吃的。她急忙上前拦住丈夫，说道："家里只养了这几头猪，都是逢年过节时才杀的。你怎么拿我哄孩子的话当真呢？"曾子说："在小孩面前是不能撒谎的。他们年幼无知，经常从父母那里学习知识，听取教诲。如果我们现在说一些欺骗他的话，等于是教他今后去欺骗别人。虽然做母亲的一时能哄得过孩子，但是过后他知道受了骗，就不会再相信妈妈的话。这样一来，你就很难再教育好自己的孩子了。"曾子的妻子觉得丈夫的话很有道理，于是心悦诚服地帮助曾子杀猪、去毛、剔骨、切肉。没过多久，曾子的妻子就为儿子做好了一顿丰盛的晚餐。

曾子用言行告诉人们，为了做好一件事，哪怕对孩子，也应言而有信，诚实无诈，身教重于言教。

扁鹊说病

春秋战国时期，有一位名叫扁鹊的名医。他的医术非常高明，人们都称赞他是神医。扁鹊不仅在民间有很高的声望，经常到处奔波为人们看病，他还经常出入皇宫为帝王和妃子们看病。

有一次，扁鹊又被蔡桓公召到皇宫去。扁鹊见了蔡桓公，三跪九叩行完礼后，就站在蔡桓公的身旁仔细观察君主的气色。扁鹊仔细地查看了蔡公的面色后说道："启禀陛下，微臣发现陛下您的皮肤有点问题，我建议您及早治疗，以免病情加重，由皮肤渗入到肌肉里去。"蔡桓公听了扁鹊的话，很不以为然地说："谁说我有病啊，我自己感觉很好，哪里也没有不舒服，用不着什么治疗。"扁鹊见劝说无用，只好对蔡桓公进行了一些例行的诊治后退出了宫廷。

扁鹊走后，蔡桓公很不高兴地对身边的妃子说："医生总是爱小题大做，把本来没病的人说成有病，然后在人家身上这么治那么治，好显得自己医术很高明，我才不信他们这一套呢。"

10天之后，扁鹊又被蔡桓公召到宫中，扁鹊查看了蔡桓公的脸色后，忧郁地说："陛下，您的病已经深入到肌肉里去了，我建议您赶快治疗，否则病情会继续深入到肠胃里去。"蔡桓公这次还是不相信扁鹊的话，依然我行我素，还不悦地说："都说扁鹊是神医，我看未必，就拿他给我诊病的情况来看，也不过是徒有虚名。"

又过了10天，扁鹊第三次被召到宫中，他看了看蔡桓公后，面色沉重地说："陛下，您一直没有听我的劝告，现在您的病已经发展到肠胃了，现在治疗还来得及，否则的话，病情将会进一步恶化，到时候就很难治愈了。"蔡桓公仍不相信，他对"病情变坏"的说法也更加反感。

这样又过了10天，扁鹊第四次进宫拜见蔡桓公。两人刚一见面，扁鹊扭头就走。这一下倒使蔡桓公心中疑惑了。他心想："每一次这个扁鹊都说我有病需要治疗，怎么这次不说我有病，反而扭头就走呢？"于是，蔡桓公派人去把扁鹊找来问原因。扁鹊很无奈地对蔡桓公说："一开始陛下您是皮肤患病，用汤药清洗、火热灸敷很容易就可治愈；后来您的病到了肌肉里面，用针刺术可以攻克；再后来陛下您的病患至肠胃，服草药汤剂还有疗效；可是目前陛下您的病已经深入到骨髓，恐怕人间医术已经无能为力了。得这种病的人能否保住性命，生杀大权在阎王爷手中。我若再说自己精通医道，手到病除，必将遭来祸害。"

这一次，蔡桓公听完扁鹊的话有了一些恐惧，果然，5天以后，蔡桓公感觉浑身疼痛难忍。于是想起了扁鹊跟他说过的话，立刻派人前去找扁鹊，主动要求扁鹊来治病。派去找扁鹊的人回来后说："扁鹊已逃往秦国去了。"蔡桓公后悔莫及。最终他挣扎着在痛苦中死去了。

扁鹊见蔡桓公的故事告诉我们，对于自身的疾病以及社会上的一切坏事，都不能采取逃避的心态，更不能讳疾忌医；而应该防微杜渐，正视问题，相信别人的劝告，及早地采取措施，给以及时、妥善的解决。否则，等到病入膏肓、无药可救之时就悔之晚矣。

敢作敢当

战国时期,赵国的大将廉颇英勇善战,胆识过人。有一次赵王派廉颇带兵前去攻打齐国,廉颇很快就将齐国的军队打败了,并占领了齐国的一座城市昔阳。这一次战役让廉颇不仅得到了赵王的封赏,还在诸侯国中打响了自己的名声。大家都知道廉颇善于用兵,并且作战时非常勇猛,所以就不敢再轻易和赵国开战了。

当时在赵国,武将中最有名的就是廉颇,而在文官中蔺相如最为出名。蔺相如原来只是在一个宦官家里当一个管事。有一次,秦王想用十五城换赵王的和氏璧,蔺相如自告奋勇出使秦国,并在发现秦王根本无意将城池换给赵国时,他巧妙地将和氏璧完璧归赵了。当他回到赵国后,赵惠文王对蔺相如的才能十分赞赏,认为他胆识过人,机智聪明,肩负重任却又不辱使命,是一个不可多得的人才,就任命他担任赵国上大夫,负责处理国家的重要事务。不久,秦王又故意找借口逼迫赵王在渑池会面。在这次会面时,秦王当面羞辱赵王,又是蔺相如再一次凭借自己的胆识和周密的计划,在酒席上迫使秦王让步,保住了赵国的体面和荣誉。这一次渑池会面之后,赵惠文王对蔺相如更是另眼相看,任命蔺相如为赵国的宰相,全面负责赵国的大小事务,并协助赵王制定国家的政策和法令。这样一来,蔺相如的地位就远远高于廉颇了。

廉颇认为自己今天的地位完全是靠自己的战功争取到的,而蔺相如出身非常低微,并没有什么厉害的本事,只不过靠嘴巴能说会道而已,现在地位居然已经在自己之上了,所以心里很不服气,并扬言,只要自己碰到蔺相如时,一定要当着他的面好好羞辱他一顿。

当蔺相如听说廉颇的想法时，只是淡淡一笑，吩咐车夫以后出门遇到廉颇时一定要记得避让。有一天，蔺相如坐上马车准备去王宫。可是就在他快到王宫的时候，远远地望见了廉颇正骑马往这个方向走来，于是他赶紧让车夫绕过这段路，不要跟廉颇碰面。这件事情发生之后，蔺相如的许多部下非常不理解，他们纷纷找到蔺相如询问道："大人，我们这些人离开自己的家乡和亲人来到这里投靠您，就是因为仰慕您的为人，知道您是一个不畏强权、为国为民的贤者。现在您在赵国的地位比廉颇将军高，可是他说出了那么难听的话，您不但不与他争论，反而处处躲避他，就好像怕了他一样。您这么胆小怕事，怎么能处理好国家的大事呢，怎么能对抗赵国的敌人呢？与其跟着您，还不如全部都回去的好。"蔺相如听了之后，笑着问他们："在你们看来，是秦王可怕一点，还是廉颇将军可怕一点呢？"大伙儿说："廉颇将军虽然也让人害怕，但是和残暴的秦王比起来就温和多了。"蔺相如点点头说："对呀，就连秦王那么有威势、那么可怕的人，我还敢当着他的大臣们的面呵斥他，我连这么可怕的敌人都不怕，难道会怕廉颇将军？我只是觉得，现在别的国家之所以不敢来侵略我们，就是因为赵国武有廉颇，文有我蔺相如的缘故。如果我们自己内部不团结，互相攻击，那么就等于在帮助敌人削弱赵国的力量。那么，到了那个时候，不要说是早对我们虎视眈眈的秦国，就是其他国家也会来侵略我们赵国。真到了那个地步，后果是不堪设想的。我现在对廉颇将军这么忍让，就是因为要先顾到国家大局，以国家的安危为重点，而把私人的恩怨放在后面而已。"部下听了蔺相如这一番话之后，都非常的感动，认为自己真的没有跟错人。

不久，蔺相如的这番话传到了廉颇那里，他这才明白自己的心胸是多么的狭小，而蔺相如的胸怀是多么的大度坦荡。他对自己以前的那些话和行为感到十分的后悔，于是就在门客的引见下，赤裸着上身，背着一根荆条到蔺相如家门口，请求蔺相如责罚和原谅。而蔺相如对廉颇诚实面对自己的缺点、敢作敢当的举动十分感动，两人将以前的种种误会都抛到了脑后，成了生死与共的朋友，一同为赵国的强盛和安定贡献自己的力量。

"齐邦三杰" 恪守信义

朋友间交往，最重要的就是讲信义。春秋时齐国三杰的故事，恐怕是重信重义篇章中最执著而惨烈的事例。

齐景公在位时，晏婴担任相国，同朝共事的还有被称为"齐邦三杰"的田开疆、古冶子和公孙捷。这三人都异常勇猛，而且功劳很大，被齐景公列为"五乘之宾"。

田开疆、古冶子、公孙捷三人志趣相投，所以结为兄弟，他们常常仰仗功劳和神勇口出狂言、傲慢无礼。暗中准备篡夺齐国统治权的大臣陈无宇四处收买人心，与他们三个结成了一伙。此事被齐景公和相国晏婴觉察到，他们深为三人的实力担忧，于是决定除掉这三人。晏婴立即设好圈套，以便择时下手。

有一天，鲁国国君来访，齐景公设宴招待，三位勇士及晏婴都到场作陪。齐景公叫人端出园中的金桃，分发给功劳最大之人。到了田开疆、古冶子、公孙捷面前，就只剩下两个鲜桃。齐景公让他们陈诉自己的功劳，谁功劳最大就颁给谁。

公孙捷第一个站出来说："当年，我跟随主人在桐山打猎，力诛猛虎，这功劳够得上吃桃子吗？"晏婴点头称赞，说他护驾有功，便递给公孙捷一枚桃子和一杯酒，公孙捷吃桃饮酒后退回原位。

古冶子一跃而出，说："我曾在黄河斩杀妖鱼，使主公转危为安,这够得上吃桃子吗?"晏婴赶快赐其鲜桃一枚,美酒一杯。

这时,田开疆说道:"我奉命讨伐徐子,斩杀徐子著名大将,使徐子归服于齐,安定了各国诸侯,使他们推举主公为盟主,这样的功劳还够不上吃桃子吗?"

的确,田开疆功劳最大,齐景公假意安慰他说:"你功劳最大,只可惜开口晚了,桃子已然分完,赐你美酒一杯,金桃就等待来年吧!"

功高而无桃,田开疆从未受过这等委曲,便怒吼道:"我血战疆场,反而吃不到桃子,当着众人的面受这等耻辱,会被千秋万代人所耻笑,我有何面目立于天地之间呢?"说完,挥剑自刎而死。

公孙捷一看,大惊,他内心感到巨大的不平衡,他认为取桃不让,是不谦;田开疆死而自己不跟从,是不勇,于是立即挥剑自刎。

古冶子见状,大声说:"我们三人亲如兄弟,曾发誓同生共死,现在他二人已死,我又岂能苟活于世?"说完,也自刎而死。

顷刻之间,三勇士俱死朝堂,场面壮观悲怆。表面上看,三人因争桃而亡,实际上,这其中贯穿着质朴的荣誉感与信义观,如果田开疆是为荣誉而死,那么公孙捷、古冶子则是为信义而亡。历史上"二桃杀三士"的巧妙计谋,映射出的是三位勇士对信义的承诺。

季布一诺千金

秦朝末年,项羽有个部将名叫季布,性格耿直,乐于助人,凡是他答应了的事,一定办到,从不违约。因此,他很受人敬重和赞赏。在率兵打仗时,季布还多次战败刘邦,声名远扬。

后来,项羽兵败自杀,刘邦称霸天下做了皇帝,就四处张贴告示，悬赏缉拿季布。义士朱家听说此事后，说动刘邦的老朋友汝阴侯夏侯婴，转请刘邦撤销了对季布的通缉，并封季布为郎中官，后升任河东守。

季布有一个同乡，名叫曹丘生，当他听说季布当了大官后，特地请窦长君介绍他与季布见面。可季布见了曹丘生后却非常不高兴，甚至露出了厌恶的神情。曹丘生是个很机敏的人，也十分善辩，他见季布不怎么欢迎他，忙深深作了一个揖，随后说了很多恭维的话，这在《史记·季布传》中是这样描述的：

曹丘至，即揖季布曰："楚人谚曰：'得黄金百（斤），不如得季布一诺'，足下何以得此声于梁、楚间哉？……仆激扬足下之名于天下，顾不重邪？何足下拒仆之深也？"

这段话的意思是：楚人常言，"得黄金百斤，不如得季布一诺"。你为什么在梁、楚一带会有那么大的名声？这都是我四处替你宣扬的。可你为什么想把我拒之门外呢？

季布听了曹丘生的话后，十分高兴，于是把他当作上宾招待，经常陪他在一起闲聊、游玩。曹丘生在季布那里住了几个月后，才起身告辞而去。他走时，季布还送了他一份厚礼。

曹丘生回去后，依然四处宣扬季布，季布的名声因此越来越大。从此以后，人们就把宣扬别人的长处并乐于荐贤的美德，称作"曹丘之德"。

高允诚实不欺

高允是北魏太武帝时的一位大臣。他奉皇上之命协助另一位大臣崔浩编写北魏的史书《国记》，同时他又是景穆太子的老师。

公元451年夏，景穆太子仓皇地骑着马到高允家，告诉他父皇把崔浩抓起来了。高允急忙询问原因。

太子说是因为崔浩不听先生劝阻，将《国记》刻在了石碑上，竖在都城大街两边，泄露了国家机密，并说此事恐怕要牵连到先生，所以急急来报，希望早早考虑对策。

高允感慨地说："崔浩一意孤行，今日之祸在所难免！"正说着，圣旨已经传来，太武帝要召高允进宫。

太子一路陪伴着高允来到宫门口，告诉高允要保持沉默，由他来回答父皇的话。

等太武帝问完话，景穆太子便抢先答话："父皇，高允是儿臣的先生，为人一向小心谨慎。《国记》摆到大街上，绝非他的主意，是崔浩想向国人示范：写史要用直笔。高允先生是反对摆到大街上的，我恳求父皇赦免先生！"太武帝听了不再追问此事，转而问高允是否《国记》都是崔浩一人撰写。高允回答说是他和崔浩共同撰写的，而且自己执笔的部分比崔浩要多。太武帝勃然大怒。

景穆太子一听，赶忙为高允开脱罪责。高允听见太子在为自己开脱，立即下跪声称自己的罪过的确是比崔浩大。

太武帝对高允说："你能一事当前，敢于对寡人说老实话，办老实事，是诚实无欺的态度，还算是忠贞的大臣。现在，由你替我起草一道诏令：将崔浩全家一律处死。"

高允却不见好就收，他想自己不能见死不救，便忙为崔浩求情，说崔浩曾为本朝立过大功，不应以一次的错误而处斩他。太武帝大怒，命人将高允关押了起来。

景穆太子见此十分着急，又恳切地说："父皇啊！高允诚实不欺君，您英明地赦免了他，现在高允坚持事实，仍然诚实不欺。您为何扣押他呢？"

太武帝反复考虑，觉得此话有理，所以赦免了高允，让他继续

当太子的老师。

刘秀以诚服人

东汉建立者刘秀，是汉高祖的第九代孙。公元 24 年，铜马爆发了大规模的农民起义，并很快发展成了一支强大的起义队伍，汉朝统治因此受到了很大的威胁。皇帝刘玄遂命萧王刘秀率兵前去征讨。

刘秀能征善战，足智多谋，很快就击溃了铜马农民起义军。铜马义军战败后归降汉军，刘秀征得皇帝刘玄的同意后，把降兵全部收编到自己的队伍里，大大充实了军队的力量，增强了战斗力。刘秀还奏请皇帝准允，代表皇帝把铜马农民起义军的首领、部将都封侯爵。

在铜马农民起义军将帅被封为侯爵后，由于这些将帅数量很多，刘秀的部将们担心这些人联合起来发动大规模的反叛，都不敢相信他们，常常避之唯恐不及，很少与他们交往，有的人甚至还在潜意识中仍把他们当作敌人，处处提防，时时小心，老想着自己随时会被他们攻击。

与此同时，这些归降的将帅们也终日惶恐不安，因为他们也意识到对方在怀疑自己的诚意，以至担心着自己某一天会被刘秀铲除。其中有一降将，一直以直言著称，肚里有委屈从来装不住。一天，他把自己心中的担忧单独在刘秀面前说了出来。

刘秀得知此事，并没有向这位敢于直言的降将说什么，而是立即把降将按他们原来的职位安排，并从自己手下部将的军队里抽回降将们原来的兵马，让他们直接统率。随后，刘秀在巡视各部时，只带少数卫士，从来不对各降将及其部下士卒加以戒备。

刘秀的诚意之举让手下的将领备受感染和鼓舞，他们开始与降将士卒友好往来。降将士卒们更为刘秀的诚意感动不已，心中的恐慌和顾虑不仅完全消除，还对刘秀以及汉王朝更加忠诚了。他们在私底下说："萧王都把自己的心放在别人腹中了，我们还有什么可担心的呢？我们应当心悦诚服地为他效劳，才能真正表示我们的诚意和感激之情。"后来，这些降将果然率领手下共10万大军，在帮助刘秀建立东汉王朝过程中作出了很大贡献。

永远做一个诚实的人

父亲的书房外是司马光和姐姐的乐园。一个秋天的下午，司马光捡来很多核桃让姐姐帮他把皮剥掉。核桃皮厚且非常坚硬，所以姐姐用指甲划、手指掰都无济于事。如果用石头砸就容易连核桃仁一块砸碎了。姐姐吃不上，就生气地跑掉了。剩下小司马光独自在为难。

恰好一个仆人走过来，看到发呆的司马光，感到有些奇怪，就过来询问。听完原因后，她把司马光带进屋子里，把核桃放进开水里烫一烫，然后用小刀一刮。这样，核桃壳一下就掉了，她把一个完整的核桃仁交给司马光。司马光拿着核桃仁，走到先前的核桃堆前，惊奇地欣赏着，正巧被走过来的姐姐看到。她奇怪地问司马光："你是怎么剥掉核桃壳的？"司马光晃了晃脑袋，得意地说："是我自己用手弄掉的。"

姐姐知道弟弟聪颖过人，前不久他还砸破水缸，救出落水的小朋友呢。于是就信以为真，连连称赞说："好弟弟，你真聪明，但你究竟是怎样弄掉的,教教我吧。"司马光只是兜圈子,不愿改口。

坐在书房读书的父亲将屋外发生的事情看得一清二楚。他放下书本,走到屋外,看着司马光的眼睛问:"这核桃仁是你剥的吗?"父亲一问,司马光脸就红了,低下头去。父亲要求司马光把核桃仁是怎样剥出来的真实情况讲给姐姐听。司马光不得不老老实实地讲了仆人是怎样帮忙的。

父亲看到司马光没有撒谎,很满意,就告诉他说:"一个人聪明是好事,但如果仰仗聪明就说谎骗人,就不是好孩子。我希望我的儿子不仅聪明,还要永远做一个诚实的人。"

父亲的教育让司马光受益终生。他后来成长为一位伟大的史学家和政治家,即使对皇帝权贵也不说自己违心的话,赞成就是赞成,反对就是反对。他对当朝宰相王安石提了很多尖锐的意见,但王安石也一直赞许司马光是一位诚实无欺的人。

宋庆龄不失信于孩子

宋庆龄是中华人民共和国中央人民政府副主席,早年追随丈夫孙中山进行革命。她一生没有生育,但她非常喜欢孩子,把大部分精力都用在了发展儿童保健事业和福利事业方面。在北京和上海居住期间,只要有空闲,她就要去幼儿园、少年宫或者小学参观和视察,生怕孩子们生活得不好,玩得不开心。

一次,宋庆龄和一个幼儿园约好了她要去看望那里的孩子。幼儿园为此做了许多准备,孩子们也都对可亲可敬的宋奶奶望眼欲穿。但是约定的那天却天气突变,狂风大作,风沙弥漫,树木被刮得东倒西歪,宋庆龄难以上路。

幼儿园的老师们有的猜测宋副主席在这样恶劣的天气里也许不会来了,有的猜测可能风停了她才会动身,也有人建议给她打个电话。

众人都议论纷纷,坐立不安。忽然门外传来汽车的喇叭声。原来是宋副主席顶着漫天的风沙风尘仆仆地赶来了。

宋庆龄慈祥地看着孩子们在屋子里垒积木、画图画。一些大一点的孩子亲切地喊着宋奶奶,宋庆龄也笑吟吟地问孩子们好,还不时地抚摸着孩子们的头和小脸蛋。

幼儿园的园长陪着宋庆龄参观,向她介绍幼儿园的情况,同时充满歉意地说她可以改个天气好的日子再来。

这时,宋庆龄认真地说:"不,我不能失信,尤其是对孩子们,更应该信守诺言。"

信守诺言是宋庆龄的一贯作风。她深知以身作则,不失信于孩子,是个无声的教育。她严格信守诺言的故事也被传为佳话,闻者无不对她肃然起敬。

彭德怀饿死不撒谎

彭德怀元帅出身于湖南省湘潭县的一个贫苦农民家庭,有兄弟4人。当时,帝国主义列强疯狂侵略中国,摇摇欲坠的清政府卖国求荣,封建军阀又连年混战,劳苦大众在天灾人祸中苦苦挣扎。

彭德怀一家老小8口人,住茅屋,垦荒田,节衣缩食,勉强维持生计。彭德怀8岁的时候,母亲不幸去世,父亲疾病缠身。祖父年过80,祖母70有余,三个弟弟无人照看,家里的生活更加艰难。一个月后,只有半岁的四弟也被活活饿死。他们先把山里种的树木卖了，又把绝大部分土地典当出去，把所有家具都变卖了，只剩下两间空壳草房。四堵墙壁到处裂缝透风，下起雨来，屋里就像水帘洞。全家人衣服破烂不堪，在寒冬腊月，还赤脚穿着草鞋，身披稻草蓑衣，过着野人一样的生活。

正月初一，有钱人家穿新衣，戴新帽，烹羊宰牛，爆竹震天。而彭德怀家竟然无米下锅。按照当地风俗习惯，正月初一不该出门，要在家吃饺子、喝馄饨，但是彭德怀不得不带着二弟出去讨饭。他们穿着草鞋，披着蓑衣，提着破篮，拿着破碗，走街串巷。两个孩子在冰天雪地里又冷又饿，哆哆嗦嗦，身上的蓑衣也"刷刷"地响。

新年之际，讲究吉利。他们来到一户地主家门口，地主问道："你们是不是招财童子啊？"彭德怀说："不是，我是叫花子。"地主阴沉着脸，不愿搭理他们。二弟慌忙笑着说："是的，老爷，我就是招财童子。恭喜老爷发财！"地主挤出一丝笑容，送给二弟半碗米饭。二弟对彭德怀说："哥，你就说你是招财童子吧，要不然会饿死的。"彭德怀的肚子咕咕叫着，但他咬咬牙说："我不想说好听的让他们高兴。"

那天，他们乞讨一直到黄昏才回家。刚进家门，彭德怀就昏倒了。二弟哭着告诉家里人："哥哥今天一点东西都没有要到，饿了一天了。"祖母赶紧煮了一点青菜汤，给他喝下去。

正月初二，祖母说："我们4个人都出去讨饭吧。"彭德怀立在门槛上，说什么也不愿去，因为讨饭受人欺侮。祖母说："不去怎样办！昨天我要去，你又不同意，今天你又不去，一家人就活活饿死吗？"彭德怀答道："我再也不拿打狗棍了，我要去砍柴。"

祖母带着弟弟走远了，彭德怀拿着柴刀上山去砍柴卖了10文钱，买了一小包盐。他在砍柴的时候还在树底下捡到一些干蘑菇，拿回来煮了一锅。祖母他们直到黄昏才回来，讨到一碗饭，还有一些米。祖母把饭倒在蘑菇汤内，叫大家一起吃。彭德怀却不肯吃，他说:"讨回来的饭,我不吃。"于是他只喝了一点蘑菇汤充饥。

半个世纪之后,身居高位的彭德怀,始终抱定"我为人民鼓与呼"的宗旨,至死不渝说真话。

商鞅徙木立信

商鞅,又名公孙鞅、卫鞅,卫国人,战国时期著名的政治家,法家代表人物。

春秋战国时期,各国纷纷变法图强。秦孝公即位之初,决心励精图治,使秦国更加强盛,因此他发布号令,广罗英才。商鞅向秦孝公讲述了自己的改革主张,深得秦孝公的赏识,于是商鞅被秦孝公任命为左庶长,负责起草、制定变法的法律条文,主管变法改革事宜。

鉴于当时秦国内部人心未定,许多贵族对变法持反对态度,而老百姓也都是持观望态度,并不支持变法。因此法律条文起草完毕后,并未立即公布。

商鞅深知要得到百姓的支持,首先必须取信于民。于是商鞅想出了这样一个办法:令人在京城南门的大市场上树立一根3丈高的木杆,并公开悬赏,谁将此木杆从南门扛到北门再立起来,就赏给他10两金子。大家都觉得很奇怪,也不明就里,于是没人敢上来一试。见没有动静,商鞅于是下令又出了一个新的通告,称有谁能将此木杆扛到北门再立起来,就给予赏金50两。后来终于有人禁不住诱惑,心想:不过是扛根木头,即使是白扛一趟也没有什么损失,不如试试,看他葫芦里到底卖的是什么药。于是他试着将木杆扛到北门再立了起来,结果真的拿到了50两赏金。后来又有人这样做了，也照样拿到了 50 两赏金。很快，这个消息传遍了秦国上下，大家都说商鞅是一个言而有信的人。

商鞅想出徙木立信的方法是想向百姓表明：政府说话是算数的，说到的一定做到。见老百姓已信赖政府，政府的公信力已经树立，于是商鞅趁热打铁，将一系列新法颁布出来，并得到人民的拥护。商鞅变法推行之后，秦国的农业生产很快便发展起来，军事实力也日渐增强，并最终统一六国。

赵氏孤儿

晋景公三年（公元前597年），屠岸贾反对赵朔的主张，并阴谋杀害赵朔。韩厥知道这一阴谋后就告诉了赵朔，要他有所防备，但赵朔听不进去，后来屠岸贾果然将赵朔的一族都杀了。赵朔的妻子是成公的姐姐，当时怀有身孕，危急时跑到王宫中躲了起来。

赵朔有个门客叫公孙杵臼，他对赵朔的好友程婴说："你的主人都死掉了，你怎么不一起赴难呢？"程婴回答："赵朔的妻子怀有身孕，万一要生了个男孩，我要将他抚养成人，以报仇雪恨；若不幸生的是个女孩，我再死也不迟。"过了一段时间，赵朔的妻子生了个男孩。屠岸贾听说了消息，就派兵到王宫中寻找。情急之下，赵朔的妻子将小孩藏在裤裆中，并暗自祷告："赵家要是断子绝孙，你就哭吧；赵家要是后继有人，你就不要出声。"说来也奇怪，小孩一声未吭，终于逃过一劫。

事后程婴对公孙杵臼说："今天是侥幸了，他一次找不到，必然还要再来找，怎么办？"公孙杵臼问程婴："把孤儿抚养成人难，还是赴难一死困难？"程婴说："当然是死难容易，将孤儿抚养成人难。"见程婴这样说，公孙杵臼就接着话题谈道："当年赵朔待你不错，于你有恩，现在也就难为你了，你就做困难的吧，我来做容易的，请让我先死难。"后来两人商量，想出了一个办法。他们先设法买了一个婴儿，用锦衣文缎包好，跑到深山中躲藏起来。然后程婴跑到山下，假装告密，对搜捕的将士们说："我程婴无能，不能将赵氏孤儿抚养成人。谁能给我1000两金子，我就说出赵氏孤儿藏匿在何处。"将士们听说后非常高兴，立即答应了他的条件，并立马组织队伍跟随他去找人。

　　程婴领着众将士很快就找到了赵氏孤儿藏匿的地方，并团团围住。眼看无路可逃了，公孙杵臼佯装悲愤不已，痛骂程婴道："程婴啊，程婴，你真是一个无耻的小人。当年赵朔遇害的时候，你贪生怕死，后来又假惺惺地与我一起商量怎么藏匿赵氏孤儿，而今天你又恬不知耻地出卖我！你即便不能将赵氏孤儿抚养成人，又怎么忍心出卖他，让这么小的孩子惨遭屠杀！"说完又抱着褴褛中的孩子，呼天抢地地喊道："老天啊，老天啊，赵氏孤儿何罪之有，请饶他一命吧，把我公孙杀掉就行了。"但任他怎么哭诉，将士们就是不允许，最后将公孙杵臼与褴褛中的小婴儿一同杀害了。将士们以为赵氏孤儿肯定死了，任务好不容易完成，隐患彻底清除，大家很是兴奋。实际上公孙杵臼的哭喊和痛骂程婴，都是他们两人事先想好的计策，而遇害的婴儿是他们买来的，真正的赵氏孤儿仍然活着，程婴后来找机会带着他跑到深山老林里隐居起来。

　　15年后，晋景公病重，韩厥乘机宣扬景公的病是误杀有功的赵氏引起的，很多人相信这一说法，于是为赵氏平反，同时寻找赵氏后人，找到了赵氏孤儿赵武。国家政策改变了以后，屠岸贾成为了历史罪人，被处死刑。赵武长大成人，举行了盛大的成人仪式——冠礼。这时程婴一一辞别朝中大臣，并对赵武说："当年你父亲蒙难，很多人都和你父亲一道遇害了。我并不怕死，也不是不能死，但我想要将赵氏后人抚养成人。现在你赵武已长大成人，也继承了你父亲当年的爵位。我的心愿了啦，我的使命也完成了，我将到九泉之下与你父亲和公孙杵臼先生会合，并报告你的好消息。"赵武一听就大哭不止，并请求程婴不要离开他。程婴说："这不行呀，公孙杵臼先生相信我，觉得我能将你抚养成人，所以为了你，先我而死；今天如果我不去九泉之下报告你的好消息，他会以为我未能实现我的诺言和他的嘱托，我的灵魂何以能安。"后来程婴还是自杀了。

诚信为大道

春秋时期，晋文公将与楚国在城濮开战。晋文公问咎犯说："大军压境，这怎么办呢？"咎犯说："如果是仁义之事，君子就要努力做到诚信；如果是军事斗争，则兵不厌诈，您只要审时度势，相机行事，大胆使用阴谋诡计。"后来晋文公又问雍季，该怎么办？雍季回答说："如果烧毁树林来猎兽，所获的兽虽多，将来肯定是无兽可猎；如果对人不诚实而工于诈伪，占的便宜越多，将来吃的亏也越大。国王您要考虑清楚。"

两军交战之际，晋文公还是采纳了咎犯的计谋，而拒绝了雍季的建议，后来大破楚军。得胜还朝后，论功行赏，晋文公首先重赏的是雍季而不是咎犯。左右大臣就有点看不明白了，说城濮之战，是全靠咎犯的计谋获胜的，何以先奖雍季而后奖咎犯？晋文公说："咎犯所出之策，是一时的变通、权宜之计；而雍季的建议，则可通行万世，是一种永恒有效的准则。我怎么能只重视一时的好处，而忽视了万世之大利呢。"群臣听了晋文公这番话，也觉得雍季的说法很有道理，诚信确实是永远而普世的真理。

以信合诸侯

春秋时，有一年晋国和楚国结盟，但在盟会上楚人却偷偷地在外衣下面穿上甲衣，准备偷袭晋人。楚国大夫伯州犁知道这一情况后非常不高兴，他说道："各诸侯国为加强相互信任而走到一起，共同开会盟誓，而此时你还疑神疑鬼，甚至图谋不轨，这也太过分了。现在各诸侯国正因为深信楚国是个讲信用的大国，所以都愿追随楚国，听从楚国的号令。如果楚国不讲信用而欺骗人家，不是失信于诸侯吗？"说完后，他坚决要求楚国的士兵脱掉甲衣。但楚国将军子木不同意，他说："晋国和楚国之间长久以来就互不信任了，事情只要有利就可以了，哪管那么多。如果能达到目的，还考虑什么信用！"伯州犁听到子木这番话，他估计子木必将身败名裂，因为只顾贪欲而抛弃诚信，肯定是事与愿违的，没有诚信，是什么事情也做不成的。另一位时贤赵孟对子木的所言所行，也深感忧虑，就告诉了大夫叔向。叔向说："不要担心。普通老百姓如果不诚信的话，都是寸步难行的，如果一个国家的大臣，在处理国家事务时不讲信用，他必然要失败。"

吴起重承诺

吴起曾为魏武侯西河之地的长官，驻地对面就是秦国。秦国在

两国的边境上建有一个类似烽火台的军事据点，吴起准备把它打下来，因为不攻占它，不利于魏国这边的耕种。但是一旦要攻打，现有的兵力又严重不足。后来吴起想了一个办法，他下令将一个车辕倚靠在北城门的外头，然后通告，谁能将此车辕运到南城门外头，就赏赐给他上等的田地和住宅。开始人们将信将疑，也没有人真正去搬。后来终于有人去做了，他一干完，立即就得到上等的田地和住宅作为赏赐。

过了不久，吴起又在东门外放置了一石赤豆，并且通告说："谁能将这一石赤豆运到西门外头，就和先前一样赏赐给他上等的田地和住宅。"通告一下，众人争先恐后前来搬运。吴起看时候到了，于是下令说："明天一早攻打秦国的烽火台，谁先攻上去，让他做国家的'大夫'并赐给他上等的土地和住宅。"进攻开始后，百姓奋勇当先，不到一个早晨就一举拿下了。

赵括之母不护儿短

赵括的父亲赵奢是赵国的名将，曾大破秦军，后被封为"马服君"，与廉颇、蔺相如齐名。赵奢死后，秦国又发兵攻打赵国，两军在长平对峙。此时廉颇为赵军统率，他见秦军来势汹汹，就避其锋锐，固守营垒而不出战。秦军为速战，就使反间计，派人对赵国国君说秦军最怕的不是廉颇，而是当年赵奢将军之子赵括。赵国国君果然中了计，要命令赵括为三军统率。廉颇一听觉得不行，对国君说："赵括虽然熟读其父的兵书，但不知变通，也没有实战经验，让他做将领，很危险。"但赵国国君不同意。

赵括的母亲听说后，不仅不高兴，相反她立即上书国君，自揭家短说自己的儿子没有能力担当此职，让他统军与秦国作战，只会贻害国家。原来，赵括熟读兵书，理论上头头是道，自以为如果自己统兵，会打遍天下无敌手。与父亲赵奢论兵法，赵奢也说不过赵括，但还是觉得赵括不是带兵的料。赵括母亲问为何这样，赵奢说："带兵打仗，是事关生死存亡的大事，但赵括却非常轻视。赵括不带兵则已，如果他带兵，必然会祸害赵国。"

国君就问赵括母亲："为什么不能让您儿子带兵呀？"赵母回答说："当年我嫁到赵家时，赵奢初为将军，我见他礼敬长者，为他们端茶送饭，他朋友众多；国君及达官贵人所送的礼品，都送给了士兵；当上将军后，他不再过问家事，而一心关注国事。而今天赵括当上将军后，就大摆威风，在部下和士兵面前摆架子；您所赏赐的财物，统统藏在家里，而且伺机买田买地。国君您说，他比其父不是差得很远吗？"但国君不为所动，并说："我的主意已定，您就不必再多说了。"赵括母亲见事已至此，就对国王说："如果赵括祸国殃民，我请求日后不要株连到我。"国君说可以。

赵括领军在长平与秦军大战，自己被射杀，手下40万大军也被俘，后来竟都被秦军活埋。赵括纸上谈兵，留下笑柄，但赵母诚实不护儿短，却是青史留名。

季札挂剑

季札，春秋时吴国人，他的父亲吴王寿梦一共有4个儿子，季札排行最小，但却最有贤德，所以寿梦一直有意要传位给他。他的3个哥哥也都认为自己的才能比不上弟弟季札，只有他才最足以继承王位，所以都争相拥戴他即位。吴国的臣民也都如同众星捧月般一心想要拥戴季札为王。不过季札却不肯接受大家的美意，坚持把王位让给哥哥。

这一年，季札受命要到北边去访问鲁国，他带着随行人员从吴都出发。当路经徐国的地界时，看到徐国人民安居乐业，生活富足安康，不禁暗暗称赞："徐国的国君向来以仁义闻名于天下，今日得此一见，果然名不虚传。"于是他临时决定要去拜访一下徐君，倾吐仰慕之情。徐国的国君早就对季札的贤名有所耳闻，如今得知他特来拜访，自然心中特别高兴，急忙命人设宴盛情相待。两个人交谈甚欢，徐君看到了季札身佩的宝剑，脸上露出了非常喜欢的表情，几次想要开口，又不便启齿。聪明的季札看透了徐君的心思，准备将宝剑赠送给徐君。不过他忽然想到，佩带宝剑出使别国，是对被出使国的一种尊重，更是一种礼节，如果现在将宝剑赠予了徐君，那么对鲁国岂非大大的不敬？想到这儿，季札就打消了赠剑的念头，不过他却已经在心里许诺：等到从鲁国出使归来，一定把剑赠送给徐君。

辞别徐君，季札又带着一行人向鲁国出发，来到鲁国后，也受到了鲁君的热情招待。季札的才华和智慧令鲁国人佩服有加。在鲁国呆了一年多的时间，季札开始返程，在此期间他始终没有忘记自己心里曾对徐君做出的承诺。再次路过徐国的国界时，他决定去拜访徐君，兑现自己的诺言，将宝剑赠送给徐君。可是他却得到了一个十分不幸的消息：徐君已经去世了。对此，季札感到十分悔恨和悲痛，他解下宝剑欲将其赠给徐国现在的国君。随从阻止他说："这把宝剑是吴国的国宝，怎么能随便用来送人呢？何况现在徐君已经不在人世，又何必赠呢？"季札说："上次同徐君交谈时我未赠剑予他，是因为我还有出使鲁国的任务，但在我心里却早已将宝剑默默地许给了徐君。既然答应了他，又怎么能因为徐君不在，就欺骗自己的良心呢？再说，我作为吴国的公子及使臣，如此不讲信用，若

传出去，吴国的颜面何存呢？别人会怎么看我们呢？"这时，徐国嗣君却一再坚持不受，且说道："我没有先君的遗命，不敢接受宝剑。"于是，季札便将宝剑挂在徐君墓前的柳树上。季札的做法受到了徐国人的赞美，他们还编了一首歌来歌颂他："延陵季子兮不忘故，脱千金之剑兮带丘墓"。

从此，"季札挂剑"的故事就流传开来了。

平原君示信

平原君是战国时期著名的四大公子之一。他住的楼房临街，家中漂亮的妃妾常倚栏观望楼下的行人。有一天，这些美人们看到一个跛子走过，大家觉得他走路的姿态比较特别，一时嬉笑起来，弄得这位跛子很不高兴。第二天他来到平原君府第告状，他对平原君说："听说您喜欢养士，厚禄邀请各地精英，不少英才不远千里而来，就因为您尊重知识分子而看淡酒色财气。我不幸一脚残疾，走路不便，而您后宫的美人，在大白天公然耻笑我。我想请您严加惩处笑我的美人，将她杀了，以昭示天下。"平原君听了笑笑说："好吧，你先回去吧。"等他走了，平原君恨恨地说："这个跛子，真是异想天开，难道就因为人家笑了一笑，就要抵命吗？也真是太过分了，你以为你是什么人呢？"

但是，意料之外的事情发生了。平原君言而无信，而且公然袒护美人，好色而轻贤，使得家中所养的名士们觉得寒心，于是一年里，陆续走掉了一大半。平原君觉得好奇怪，他手下一个人对他说："原因很简单，一是您对当初的跛足者有承诺而不兑现；二是您好色重美人而轻君子。"平原君这才恍然大悟，于是严厉处罚了那位讥笑跛足的美人,并上门向跛足者谢罪。这样一来,当初走掉的名士们有纷纷回来了。

韩信重信义

秦末天下大乱时,韩信先跟着项羽冲锋陷阵,但不受重视,于是又转投刘邦。刘邦很重视他,韩信的才华充分发挥出来,很快就被封为齐王。这时项羽感到韩信的分量,就想拉拢他,一起来对抗刘邦,就派武涉来游说韩信,企图让他背叛刘邦,与项羽、刘邦一起三分天下。韩信断然拒绝。他对武涉说:"当年我追随项羽,他只不过让我当个郎官,干着个武士的差事;我的谏言他不听,我的计谋他不用,我无奈只得投奔刘邦。到刘邦那里,他让我当上'上将军',还将数万士兵让我带,而且还'解衣衣我,推食食我',我说的话他听,我出的计谋他用。所以我今天成为了齐王。人家汉王刘邦那样信任我,我背叛他,是不道德的,我死也不会这样做。还请你回去代我谢谢项王吧。"

武涉前脚刚走,另一位谋士蒯彻,也过来劝韩信背离刘邦而称王。蒯彻会相面之术。他说:"我看您的面相,不过封侯;但看您的背面,则贵不可言。"韩信说:"这又从何讲起?"蒯彻说:"如今楚、汉相争,天下动乱,刘邦与项羽都筋疲力尽,他们的命运都掌握在您手里。现在的形势,您最好保持中立,称王而与汉、楚三分天下,鼎足而立。您现在是齐王,燕、赵一带都是您的地盘,兵强势盛,又深得民心。如果您举起大旗,向西前进,为民请命,消灭暴秦,四海之内,人民会纷起而响应您。我听说,老天给你的,你不取,你会'反受其咎';时候到了,你还不采取行动,你会'反受其殃'。现在是英雄建功立业之际，请您三思。"韩信一听，就谢绝说："汉王刘邦待我很好，我怎么能为了一己之功利而背叛刘邦的恩义呢？"蒯彻又劝道："自古以来，功大盖主，都是十分危险的。您现在功劳这么大，势力这么强盛，刘邦能容得下您吗？"韩信还是谢绝道："先生您不要说了，我主意已定。"

过了几天，蒯彻又来游说韩信。他称："机会难得，机遇不再，大王还是赶快下定决心吧。"但韩信仍然没有被说动，最后也没有听蒯彻的话，铁心跟随刘邦。后来，蒯彻见自己的计策未能成功，就假装疯了，做起了巫师。

嫁一个信守诺言的人

明朝的一个春天。解冻的河水欢快地奔流，吐芽的柳树像一团绿雾，在风里轻轻飘曳。嫣红的桃花含羞吐蕊。几个姑娘在河边洗衣，"嘭嘭嘭"捶打着衣服，几片花瓣飘落河中。

"哎，有鱼！"小桃指着脚边的河水。姑娘们拥到水边，立刻，水面上出现一朵美丽的桃花，每一片花瓣是一张青春的脸。那尾胆小的鱼早就吓跑了。"瞧，梅芝姐姐最好看！"小桃拍着手，指着水里的倒影。梅芝红了脸，羞得埋下了头。姑娘们的笑声像铃铛叮咚作响。

岸上响起一阵马蹄声，一个相貌英俊的年轻人驻马伫立，朝这边望了望。姑娘们顿时散开，埋头，继续捶打衣裳。马蹄声渐远，小桃轻轻碰碰梅芝："刚才他一直在看你。""别瞎说了。"梅芝的脸绯红，把头埋得更低。"他是谁呀？"一个姑娘轻声问。"村里的书生刘廷士啊，饱读诗书，能文善墨，一表人才。"另一个声音回答。

夜里，闭上眼睛，那个英俊的身影一直在梅芝眼前晃动⋯

几个月之后，梅芝坐在屋里，描着绣花的花样，听得张大娘大着嗓门进门："哎哟，喜事上门了，我给梅芝姑娘提亲来啰！"梅芝心里有些慌张，她放下花样，悄悄走到堂屋，躲在门后偷听。当张大娘吐出"刘廷士"三个字，她心如鹿撞，慌里慌张跑回了房。"是他吗？真的吗？我会成为他的新娘？"梅芝的脸红得发烫。送走张大娘，爹爹走进屋来："我替你应下了一门亲事，对方是刘家，刘廷士要去京城赶考，聘礼晚些日子下。""嗯，爹同意女儿就同意。"梅芝羞得头也不敢抬。

两个月后。"中了中了！"爹爹一进门就大喊。一直焦急等待消息的梅芝赶紧从屋里迎了出来，扶住爹爹。"廷士中了进士！你以后就是进士夫人了！"爹爹喜上眉梢。

从那一天起，梅芝常常倚在阁楼上，望着村头唯一通向京城的大路，盼望着那个自己日思夜想的身影，骑着高头大马出现。

又过了半个月，爹爹叹着气告诉梅芝，村里传言，因为廷士相貌英俊，才华出众，人品端正，京城里很多官员都想把女儿嫁与他。"女儿啊，都怪爹爹，当时就应该叫刘家下聘礼才是，这下我们是哑巴吃黄连，有苦说不出了⋯⋯""难怪他迟迟不归⋯⋯"两行眼泪轻轻从梅芝眼里滑出，掉在地上，碎成了几瓣儿。

第二天，梅芝就病倒在床，郎中说是受了风寒，歇息调养几天就可痊愈。可伤心的梅芝终日躺在床上垂泪，一场大病后，梅芝的双眼失明了⋯⋯

刘廷士衣锦还乡了。那个下午，梅芝听到村头大路上传来喜气洋洋的唢呐声。是他回来了吗？可自己的眼睛已经看不到他骑在高头大马上威风的样子，他的身后是不是跟着一顶花轿，里面坐着他的新娘？梅芝摸索到窗前，那唢呐声越来越清楚，越来越近，把她的心震得生痛，又渐渐远去。

"闺女啊,我刚听说,在京城里刘廷士婉言拒绝了所有提亲,说自己在乡下已经定了一门亲事……可如今……"爹爹深深叹了口气。"爹,不用说了,他不是负心郎,我已经很满足了。可如今我的眼睛看不见了,不能拖累人家。以前定的亲事,就别再提了……""唉,我也是这样想的,我们已经高攀不上人家了,你可要想开些……"爹爹推门走了出去,梅芝的世界里一片黑暗和宁静。

梅芝双目失明的事,刘廷士很快就从母亲的口中得知。

"既然现在梅芝的眼睛瞎了,我看还是把那门亲事退了吧,反正我们没给女方聘礼,女方也通情达理,你回来这些天绝口不提嫁娶的事。再说,将来等你做了官,家里有个瞎老婆,岂不招人耻笑?"母亲总是为儿子着想的。

刘廷士抬起头:"不,娘,我这两天想了很多,我决定娶她过门。"

"你可真要想清楚啊,她什么都看不见,要跟你过一辈子啊!"

"不管她能不能看见,我都应该按照婚约,把她娶回家,好好待她!"

洞房花烛之夜,刘廷士牵着梅芝的手,扶着她到桌边坐下。那一刻,梅芝流下了幸福的眼泪。她知道,自己嫁的是一个信守诺言的人,而他,将会带给自己一生的幸福。

朱晖重托

朱晖是东汉人,老家是南阳宛县(今河南南阳县),他很小时就成了孤儿。朱晖的父亲朱岑,当年曾与刘秀在长安一同上过学,两人交情很好。刘秀当上东汉的皇帝后,想起了这位当年的同学,于是就派人找他。后来得知朱岑已亡故了，于是就录用了他的儿子朱晖在皇宫当差。过了几年又让他升任临淮太守。但因其脾气耿直，得罪了上司，后来就干脆辞职不干，回家养老了。

张堪与朱晖同乡，是一个很有名望的前辈。他早年在太学与朱晖有过交往，很器重朱晖。当时他就对朱说："我死后，我把妻子托付给你，请予多多照料。"因张堪是长辈，朱晖也未敢多说什么。太学一别，两人也多年未见面了，也不知对方的境况如何。一次有人告诉朱晖，说张堪已辞世了，他的妻子现在生活得很艰难。于是朱晖就前去探望，见一家的日子果然过得十分窘迫，朱晖就赠送一笔钱。见父亲帮助一个陌生的妇女，朱晖的儿子有些意外。朱晖很动感情地说："张堪前辈生前视我为知心朋友，将妻子托付给我，我当时因为是晚辈，不敢说什么，但心里是答应了他的嘱咐的，现在他妻子有困难，我能熟视无睹吗？"

朱晖与同郡的陈揖也是好朋友。陈揖不幸英年早逝，留下一子陈友。朱晖很可怜他，经常资助他，并让他与自己的孩子一道上学。大臣桓虞早就听人说起朱晖为人出色，他担任南阳太守时。就特地前去登门拜访。他见朱晖的长子朱骈一表人才，就想给一个职位让他做。于是他对朱晖说："我手下一个官员刚刚病逝，有个位子空出来，我看大公子不错，让他来干怎么样？"朱晖起先是推辞，但拗不过桓虞一再坚持，想了一想后，他对桓虞说："我有一位亡友的儿子更为出色，他勤奋好学，志向远大，比我儿子强，你那个位子给他更合适。"桓虞十分感动，也为朱晖对友情的忠诚所深深叹服，最后终于未取朱骈而是录用了陈友。

羊祜诚信

羊祜为西晋的名臣和名将，他曾带兵与吴国守边大将陆抗对峙。晋、吴虽互为敌国，但羊祜严守诚信，史书上说他"务修德信以怀吴人"。两军交战时，羊祜都要求严格按照事前约定的时辰开战，从不搞突然袭击那一套。手下将领如果提议使用阴谋诡计来偷袭对方，羊祜就以美酒将他灌醉，让他闭口。有时候羊祜的军队缺粮，不得不到吴国那一边去割稻子。但每逢此时羊祜都要命令属下仔细统计所获粮食的数量，并折成市价，以绢来偿还。打猎的时候，羊祜下令不得越过边界；所获的野物，如果是从吴国那边跑过来，而且被吴人打伤的，则统统送还吴人。羊祜和陆抗虽各为其主，但两人私下关系不错，相互之间常互通问候，陆抗还不时赠酒给羊祜，而羊祜饮之不疑；陆抗生病时，羊祜则将熬好的药送给他，陆抗也放心大胆地用。对此，手下人曾劝陆抗，不得大意。陆抗说："羊祜那样诚实的人，怎么会暗中使坏？"羊祜的诚实，深得吴人喜爱。

后来羊祜生病去世了，吴国守边将士都伤心流泪。羊祜生前好游湖北襄阳的岘山，当地人民为纪念他，在山上建碑立庙，岁时祭祀。人们在碑前拜祭时，无不痛哭流涕，所以这座碑成为史上有名的"堕泪碑"。

苻坚言而有信

东晋时期，天下动荡，尤其是北方，各少数民族纷纷割据建国，一时小国林立，并互相攻伐，战乱不已。秦国的苻坚早就想吞并燕国了，但因畏惧燕国大将慕容垂，而不敢动手。公元367年冬，慕容垂在燕国得罪了太傅慕容评，郁郁不得志，于是逃奔到秦国。苻坚听到这个消息，特别高兴，还亲自跑到离城很远的郊区来迎接。看到慕容垂一行来了，苻坚上前拉着他的手说："天生你这样的豪杰，必然会帮助我们完成兼济天下的大任，这是历史的重托。我一定要与您一起统一天下，然后才能让您荣归故里，世代封于幽州，这难道不是天下的大好事吗？"苻坚对与慕容垂一同前来的亲属随从，也以厚礼对待，大家都很高兴。

这时，苻坚身边的大将王猛提醒苻坚说："慕容垂父子，就像龙和虎一样，是难以驯服的，一旦时机来临，他们将难以控制，还不如乘早除掉他们，以免后患。"苻坚虽然觉得王猛说得有道理，但他难以采纳。苻坚觉得，自己要完成一统天下的伟业，现在正是网罗天下英雄的时候，不管怎么说，慕容垂也算得上杰出的人才；而且他来秦国时，我对他已有过郑重许诺。平常百姓说过的话，都要算数，难道贵为皇帝，能言而无信吗？苻坚说到做到，任命慕容垂为"冠军将军"。

后来王猛使反间计，唆使慕容垂的儿子反叛，并乘机诬陷慕容垂背叛，迫使他出逃，后来在半路上被苻坚的士兵所截获。这时苻坚依然深信慕容垂，并宽慰他说："我的法令是一人做事一人当，父子不株连，你儿子逃跑，你何必相从呢？"事后，苻坚仍如以前一样对待他。

　　淝水之战，苻坚大败而归，一路上召集散兵游勇，退到洛阳时，队伍已扩大到 10 万人。这时慕容垂向苻坚提出，他带一部分将士到北疆去，以安定边疆，苻坚答应了他的请求。不过苻坚的部下则提醒他："慕容垂胆识过人，有勇有谋。他就像猎人养的鹰，饥饿时依附于人，但无时不思翱翔于蓝天。在目前个关键时刻，您正应小心看好他，怎能放它回归山林呢。日后您不仅难以控制它，相反，还会受到他的攻击。"苻坚说："你说得不错。但是，我已经答应了他，岂能食言。一般老百姓说话都要算话，更何况贵为帝王，岂能出尔反尔？"最终苻坚还是拒绝了部下的警告。

黄裳还珠

　　黄裳是宋朝有名的才子。一个冬天的傍晚，他到另一个城市办事，天色已暗，街边的灯笼一盏接着一盏点亮。拖着疲惫不堪的步子，黄裳走进了一家小客栈住宿。

　　进入客房后，黄裳立马草草咽下几个包子，空空的肚子有了些暖意，脑袋变得昏昏沉沉，他顾不上洗把脸，就走向了床。累了一天，得好好睡上一觉，明天自己才有力气赶路回到乡下。

　　他刚倒在床上，忽然，腰被硌了一下。他挪了挪身子，连眼皮都没睁，顺手朝棉被下摸了摸，他的手碰到了一团滑滑的东西。把那团东西举到眼前，他努力睁开眼睛，是一个绸缎的布袋，被装得满满的，抓在手里沉甸甸的。黄裳的睡意立刻被这眼前的布口袋赶走了一半，他犹疑了一下，决定打开看个究竟。

　　翻身起床，走到窗前的桌边，月光皎洁，他自己的影子清楚可鉴。解开布袋的绳子，往桌子一倾，只听"哗啦"一声，一堆珍珠在桌面上滚动，如同清晨的露水那样晶莹圆润，几颗落到他的脚边，在地上蹦跳几下，滚进了床底。上百颗的珍珠！这是黄裳第一次看到这么多的珍珠！他惊得张大了嘴，半晌才回过神来，慌慌忙忙把所有的珍珠装回布袋里——滚落到床底的那几颗，是他费了老大劲才捡起来的。他把布袋重新扎好，放到了自己的枕头底下。

　　躺回床上，黄裳睡意全无。怎样处理这么多的珍珠，他一遍又一遍地问自己。反正珍珠上又没刻名字，把它卖了，自己以后上京赶考的盘缠就绰绰有余了。可君子不取不义之财，拿了这珍珠，自己一辈子都会遭受良心的责问，心灵永远没有了安宁平静！况且，如果自己是那个丢了珍珠的人，此刻该是多么的焦急和心痛！决定把珍珠还给失主后，黄裳的心平静下来，一会儿工夫，他就睡着了。

　　一缕阳光射进了屋子，从外面街上传来高一声低一声的吆喝，黄裳醒了过来，这一夜他睡得很踏实。起床梳洗后，他找店小二借来笔墨。在小客栈的留言墙上，郑重其事地写道：某年某月，隆庆府普成人黄裳曾住此店某某号房间。在一边看热闹的店小二偷偷掩嘴笑了："这些穷书生，就是改不了清高自大的臭毛病，又不是达官贵人，也不是名人雅士，题这破字做什么？"

　　收拾好行李，黄裳赶路回家了。临走前，他对店主叮嘱了一遍又一遍："如果有人到贵店找东西，请他到城里来找我。"他还留下了自己家的详细地址，一再请求店主收妥当。

　　没过几日，果然有个商人来敲黄裳家的门。见到黄裳，那人迫不及待说自己在小客栈遗失了珍珠，发现后折回寻找，看了小客栈留言墙上的字，又从店主那里得了详细地址，这才找到了这里来。黄裳并没有立刻把珍珠还给他："珍珠的确是我捡到的，现在在我这里，不过为了防止被人冒领，我们最好找个地方对证一下。"

　　两个人来到县衙。当堂对证，珍珠的颗数和大小、布包的花样……——对证之后，确定来人的确是失主，黄裳把那包珍珠交到了他的手上。

看到一颗不少、失而复得的珍珠，失主抓住黄裳的手，久久不肯放开。为了表达感激，他拿出几颗又圆又大的珍珠放到黄裳手里，说聊表谢意。黄裳笑着把那几颗珍珠放回了布袋里："比珍珠更宝贵的，是一个人的品行。我要是想要珍珠的话，你就一颗也得不到了，我既然把珍珠还给你，那我就一颗也不会要。"

人们都朝黄裳竖起了大拇指，称赞他是儒雅诚信的君子。几年之后，24岁的黄裳高中状元。

唐太宗重信史

唐太宗一贯重视史书的修订，并强调修史的客观和真实。他曾对主管修史的房玄龄说："过去史官所撰写的当代史，都不给当朝的皇帝看，这是为什么呢？"房玄龄说："这可能是因为写史书的人，忠于职守，秉笔直书，不虚美，不隐恶。这样当朝的皇帝看到自己的缺点和错误都被记下来了，当然会不高兴。臣下害怕皇帝发怒，自然不敢将史书呈上了。"唐太宗听完后说："不过我的想法和过去的皇帝们有所不同，我觉得身为帝王看史书，为的是鉴往知来，不要让过去的错误和罪恶重演。你可照实写，写完拿来给我看。"

专门掌管给皇帝提意见的大臣朱之奢，此时建议说："皇上您天资优异，品德卓越，所以您举措得当，少有失误。这样，史官的叙述，当然也就是正面的居多。如果您只看《起居》，自会感到满意。不过若以此为范本，后世也这样做，问题就大了。因为后世子孙不见得都有您这样的天赋，难免会饰非护短，这样看到史书中不顺眼的地方，就会迁怒史官，史官就有杀头的危险了。这种情况下，史官当然要看皇上的脸色，小心揣摩皇上的喜怒爱恶，以全身远害。这样写出的史书，当然远离史实，当然也难称信史。前代的当朝皇帝史，所以没什么好看的，也正因为此。"

不过唐太宗没理他的话，仍让房玄龄等去修史。后来房玄龄与另一位大臣许敬宗等人写成《高祖》、《今上实录》等书，献给唐太宗。太宗看了后说："书写得不错，只是其中隐讳太多，春秋笔法太多。过去周公杀管、蔡，巩固了周朝的江山，季友杀叔牙，维护了鲁国的安全，我的所作所为，与前人所做的相类似。你们这些写史书的人，何必讳莫如深呢，照直写好了。"于是下命令，将书中的讳词、遮遮掩掩的话全部删去，一切照实写。

裴度还包袱

裴度是唐朝的名相。有一年他游香山寺，看见一位身穿白布衣裳的妇女挎着包袱来进香。她祷告了一会，急匆匆起身就走了，而忘记了放在一旁的包袱。裴度发现了，心想这位女香客一会肯定会回来的，就看好包袱，在一旁等着。不料等到太阳下山，仍未见到这位女香客回来。无奈之下，裴度只得将包袱带回去。

第二天一大早，寺庙刚开，裴度就来到原地等。过了不一会，就见昨日所见的女香客急忙回来了，表情十分痛苦和着急。她说："我的婆婆公公因事被牵连，急需一笔钱来打通关系，昨天我所携的包袱里，就是筹集来的金银玉饰，等着换钱用的。这下可好了，让我全弄丢了。老人家靠什么来救啊！"裴度听了，也深为同情，就可她包袱里有些什么具体的东西，她说得一点不错，裴度就将包袱还给了她。这位女香破涕为喜，感谢不尽，还要拿一件玉器作酬谢，裴度以为物还原主，天经地义，婉拒了妇人的好意。

梁颢抄书

梁颢是宋朝人，父母早逝，他从小跟叔父过。叔父的家境也很贫寒，梁颢好读书，可是买不起，只能借书看。有些要反复读的好书只能抄下来，再仔细研读。

有一回他借到了一本好书，答应两天后还。为了日后能反复读，他决定抄下此书。灯光暗些还不要紧，但由于当时冰冻三尺的天气，写着写着，毛笔上的墨就冻结了，砚台里的墨水一会工夫也结了冰。只能不断用灯火烤。这样抄得就很慢。夜很深了，叔叔看他还在忙，就劝他歇会儿，明天再抄。他说不行，说好明天就要还的。叔叔说书主人家的书很多，不会急等着用这本书。梁颢却很认真，他认为做人讲信用很重要，不能因为天冷、书难抄就推迟还书的日子。既然答应明天还书，就一定要做到。梁颢次日还书时，书主人问："读完了？"梁颢回答："为了赶时间，还没有好好读，但连夜把它抄下来了，日后有空再仔细读。"主人深为感动，觉得他是个守信的孩子，并答应只要他喜欢，哪一本书都可以借给他，何时还也由他自己决定。梁颢后来经常来这儿借书，总是准时归还，从没爽过约。

宋太宗雍熙二年，梁颢参加科举考试中了状元，终于可以一展抱负，并深得皇帝的赏识。

鲁宗道说实话

鲁宗道为人正直,性格豪爽,疾恶如仇,遇事敢言。他在做主管对太子的教导之官"谕德"时,住的地方靠近酒楼,有一次他穿着便服悄悄地到一个小酒馆喝酒。平时都没事,正巧那一天宋真宗要找他议事,皇帝派来的太监在他府上等了好久,鲁宗道才跟跟跄跄从酒馆回来。太监非常焦急地说:"您快点吧,皇帝等着召见您呢。万一皇上要是怪您来迟了,该怎么回答是好呢?"鲁宗道说:"那就照实说吧。"太监说:"如照实讲的话,皇上就要怪罪您了。"鲁宗道说:"喝酒乃人之常情,我想皇上会谅解的,但如果不说实话,就是欺君,那可是为臣子的大罪呀。"

到了皇宫,宋真宗果然问他:"何以这么迟才来?"太监就将鲁宗道在酒馆喝酒的事说了一遍,皇上责问宗道:"是不是这样?"鲁宗道一边向皇上叩头请罪,一边说:"确实如此。今天我老家来了一个老朋友,而我家很穷,没有喝酒的杯盘,在家没法招待他,所以只得到酒馆。我不知皇上召见,耽误了皇上的时间,实在有罪。"皇上听完不仅不生气,反而很欣赏他的诚实。后来还提拔了鲁宗道。

陈尧咨卖马

北宋时,有一位叫陈尧咨的翰林学士,很喜欢养马。家里养着很多马，其间有一匹性情暴躁的烈马，不仅难驾驭，还常踢伤、咬伤人。

一天早晨，陈尧咨的父亲在马厩没有看到这匹马，就问马夫，马夫说马已经被他儿子卖给一个运货的商人了。陈尧咨的父亲就担心那位商人知道不知道这是匹烈马，马夫信口说："哪能这样说呢？那商人要是知道这是一匹又咬人又踢人的坏马，人家就不会买了。"陈尧咨的父亲听了很生气，斥责怎能如此公然行骗，并找到儿子责问。陈尧咨不明就里，还自鸣得意地说："卖了个好价钱。"其父愤怒地骂他："身为朝廷命官，还竟然骗人。"陈尧咨辩解称："我没有强卖，是那位商人自己相中的，一个愿打，一个愿挨，说不上欺骗。"其父则责问他："何以不告诉那位商人这是一匹不好使唤的烈马？"陈尧咨自知理亏，只能说马摆在那里，他不会相马，只能怪他自己。

其父听他这样说，更为光火，骂他这么多年的书都白读了。为教育儿子，他讲了《不欺买主》故事中陆元方卖房的故事。陆元方是唐朝武则天时候的人，他在东京洛阳城里有一处房产，他想卖掉。价钱谈好了，契约也订妥了，就等买房子的人来交钱了。收钱时，陆元方告诉对方，这房子质量、位置都不错，就是出水的地方不畅。那人一听，当下就不想买了。等他走后，陆元方的子侄们都埋怨他不该这样说，而陆却大不以为然，反而教育孩子们，不能为了自己的利益而欺骗他人。

听了这个故事，陈尧咨很惭愧。其父还不饶他，说："你手下那么多驯马的能人都驯服不了那匹马，一个四处奔波的商人怎么能管得好，你又不告诉他真相，这不是害人、骗人吗？"陈尧咨羞愧难当，向父亲保证立即派人找到那商人，要回那匹马。后来找到那个买马的商人后，陈尧咨向他说明了其中的情况，并把钱退给了他，把马牵了回来，一直将其养到老死。

晏殊要求另出考题

诚实是中华民族几千年来流传下来的传统美德,一直被人们所发扬。最典型的例子就是北宋著名的文学家和政治家晏殊,他要求参加会考和重新出题的诚实行为,受到人们的敬重,不仅在考生中传开,也传到了宋真宗那里。宋真宗马上召见了晏殊,称赞说:"你不仅有真才实学,更重要的是,具有诚实不欺的好品质!"

晏殊从小就诚实善良且聪明好学。7岁时,文章就写得非常好。14岁就被地方官作为"神童"推荐给朝廷。他本来可以不必参加科举考试便能够得到官职,但是他没有这样做,而是毅然参加了考试。

可是,事情非常凑巧的是,考试的题目竟然是他曾经做过的,而且还得到过好几位名师的指点。这样一来,他本来可以毫不费力的从几千名考生中脱颖而出,但是晏殊却并没有因此而高兴,而是在接受皇帝复试的时候,把情况如实地告诉了皇帝,并要求另外出一个题目,当堂考他。皇帝与大臣们商议之后出了一道难度更大的题目,让晏殊当堂作文。晏殊拿到新题目,反复看了看,思考了一会儿,就拿起笔来一气呵成。考官惊呆了,觉得此人文思敏捷,真乃奇才。最终,晏殊得到了皇帝的褒奖。

晏殊的这一举动,成为千古佳话,为中华文明史上的崇高品质又谱写了新的篇章,激励着后人继续发扬这种难得的诚实品质。

在晏殊步入仕途之后,每天办完公事,回到家里总是会闭门读书。当皇帝得知他有着闭门苦读的精神时,就亲自点名让他做了辅佐太子的官员。晏殊向皇帝谢恩的时候,说道:"微臣不是不喜欢宴饮游乐,只是因为家贫无钱,才不去参加的,怕有愧于皇上的嘉奖。"他的这种真才实学、质朴诚实、表里如一的品德,深受皇上的爱戴,是当朝难得的人才。几年之后,就被封为宰相。

晏殊的这一高贵品质,得到许多人的仰慕。他死后,宋仁宗皇帝为他题写了墓碑的碑额:"旧学之碑"。

晏殊的富贵靠的不是处心积虑的钻营、排挤同事、诬陷上级等小人的手法,而是靠着天赋的才华、正派的品质。晏殊的一生是平凡的,但是晏殊的文学造诣之高却是无可争辩的事实,他的词中洋溢着富贵气,而这种富贵气不是作出来的,而是他人生际遇的自然写照。

在中国古代,无论是朝廷、府州县衙,还是买卖作坊商铺,用人的第一标准是看其道德品质。如果一个人能耐再大,本事再多,道德品质不好,也没人任用。晏殊因为有诚实不欺的好品质,才能得到朝廷的重用。

宋濂重诺

宋濂是明代著名的贤臣,他从小为人诚信。他小时候就爱读书,但家里穷,没钱买书,常常向人借,而每次他总是准时还,大家都很信任他。

有一回,他觉得一本书特别好,读一遍意犹未尽,他想把它抄下来。由于还书的日子快到了,他就赶紧连夜抄。当时又恰逢寒冬,母亲很心疼他,劝他早点休息。但宋濂觉得不能误了还书的日期,于是抄得很晚才休息。

还有一次,宋濂与一位老学者约好,某月某日要去拜访他。不巧天下起了大雪。母亲说这么大的雪,路途又远,说不定路都被雪封了，而且衣服又未置备好，等天好了再去不迟。宋濂却以为他已与老先生约好，不能因风雪而失约。后来等他冒雪赶到老先生的家时，先生对他好学重诺的精神由衷赞叹，觉得他日后必成大器。

"我是鞋匠的儿子"

林肯出生在鞋匠的小木屋里，用他自己的话说，他的童年是"一部贫穷的简明编年史"。小时候，他帮助家里劈柴、提水、做农活，还跟着做鞋匠的父亲学了一手修鞋的手艺。许多年以后，这个穷小子经过坚苦的奋斗，站到了总统候选人的位置上，代表共和党要和民主党候选人道格拉斯竞选美国总统。

总统竞选的时候，为了拉到更多的选票，候选人要到各地去演讲和宣传。林肯的对手道格拉斯是有钱人，他包了一列车厢，车厢上装饰着五彩缤纷的鲜花和艳丽夺目的旗帜，最后一节上放着一门铜炮，炮身上装饰着鲜花和彩带，每到一个目的地，道格拉斯就让手下点燃大炮，用"轰轰"的炮声宣告自己的到来。

而相比之下林肯就寒碜多了，他买票乘火车，每到一站，都有朋友和支持者来迎接他。有时候，他们给他借来耕田的马车，他就站在马车上演讲。有时候林肯也很有创意。一次，他的支持者们用几头骡子拉着一辆敞篷车走过闹市，林肯安静地坐在车子里，在敞篷车的后面，拉着一辆巨大的饲草架子，上面站着32个女孩，她们每个人的衣服上都写着一个州的名字，还打了一个大横幅，上面写着："帝国之星移向西来！"

但是，他的对手们常常蔑视他的出身。他在参议院演讲的时候，一个参议员说："林肯先生，我希望你能记住你是一个鞋匠的儿子。"

林肯微笑着说:"我非常感谢你使我想起我的父亲,他已经过世了。我一定会永远记住你的忠告,我知道,我做总统永远无法像我父亲做鞋匠做得那么好。"参议员们都沉默了。林肯这时候转过头对那个傲慢的参议员说:"我记得,我的父亲以前也给你家做鞋子,如果你的鞋子不合适,我可以帮你改,虽然我不是伟大的鞋匠,可是我从小跟父亲学到了做鞋匠的手艺。"然后,他转向所有的参议员,对他们说:"如果你们中有人的鞋子是我父亲做的,如果他需要修理,我一定会尽可能帮忙,但有一点可以肯定,我无法像他那么伟大,他的手艺是无人能比的。"说完之后,大厅里爆发出雷鸣般的掌声,很多参议员的眼里流出了感动的泪水,那个傲慢的参议员也羞愧地低下了头。此时,再也没有嘲笑,有的只是对林肯的尊重。

就这样,真诚的林肯赢得了美国人民的尊重和信任,打败了比他有钱的道格拉斯,成功当选为美国第十六任总统,后来为美国的发展做出了巨大的贡献。

捧着空花盆的孩子

很久以前,一位深受爱戴的贤明国王,把国家治理得井井有条,人民安居乐业。国王的年岁日增,眼睛渐渐看不清东西了,耳朵也开始有点儿背了,走起路来颤颤悠悠的。国王心想:"我的生命快要结束了,我死之后,让谁来继承王呢?"国王为这件事情伤透了脑筋。因为他没有孩子,他最终决定,在全国范围内挑选一个孩子,培养成为国王的接班人。

有一天,国王想出一个选择接班人的好办法。他给每个孩子都发了一些花种子,并告诉他们说:"如果谁能用这些种子培育出最美

丽的花朵，那么，那个孩子就将成为国王的继承人。"

孩子们领回种子后，开始精心培育。毕竟谁都希望自己能成为继承王位的幸运儿。一个叫雄日的男孩，也领到一颗花籽回家去了。他把花籽种在一个花盆里，天天浇水，施肥松土，悉心照料。他多么希望这颗花籽发芽抽枝，最终开出最美丽的花儿来啊！可是，10天过去了，花盆里的种子却连芽都没有冒出来。一个月过去了，花盆里还是一点生命的迹象也没有。

"真奇怪！这是为什么呀？"雄日跑去问母亲："妈妈，为什么我种的花籽不发芽呢？"母亲也为此事操心，她说："你把花盆的土换一换，看行不行。"雄日依照妈妈的意见，在新的土壤里埋下花籽，但是半个月过去了，花籽依然没有发芽，母子俩束手无策。

国王决定的看花日子到了。无数穿着漂亮衣裳的孩子涌上街头，他们每个人都捧着一盆花，有红的，有紫的，有黄的，有白的，美丽芳菲，争奇斗艳。每个小孩子都想成为继承王位的太子。他们都用期盼的目光等待着国王出来欣赏他们的花朵。

国王终于从宫殿里出来了，他从孩子们面前匆匆走过。孩子们手捧的鲜花多么的美丽啊，但是国王却连看也不看一眼，一直紧皱眉头，一句话也不说。

忽然，在一个店铺的旁边，国王发现一个孩子手里捧着一个空花盆。

国王问他："孩子，你叫什么名字？"那孩子拖着哭腔答道："我叫雄日。"国王又问："你为什么端着一个空花盆呢？"雄日一边抽泣着一边说："我把花籽种在花盆里，用心浇水，可是花籽怎么也不发芽，我，我只好捧着空花盆来了。"雄日又说："我想这可能是罪有应得，因为我曾经在别人的花园里偷吃过一个苹果。"

不料，国王脸上却露出开心的笑容。把雄日抱起来，高兴宣布："我找到了，孩子。我要找的继承人就是你！你就是我最诚实的儿子！你就是将来的国王。"

大家不解地问："这是为什么呀？""您为什么选择了一个端着空花盆的孩子来继承王位呢？"

国王说："子民们，其实我发给你们的花种全都是煮过的，根本不可能发芽开花。"

那些手捧美丽花朵的孩子们个个面红耳赤，因为他们都欺骗了国王。

守信用的印刷工

本杰明·富兰克林是18世纪美国的实业家、科学家、思想家、外交家和社会活动家。他还曾经参与起草美国的《独立宣言》，为美国的独立自由作出了巨大贡献。

一天，满脸愁容的父亲，把10岁的富兰克林叫到跟前："孩子，你知道，靠我的一双手做蜡烛肥皂，是无法养活你们兄弟10个的，更别提给你支付学费。你以后就别去学校了，留在家里跟我学做蜡烛，好歹还能养活自己。"

他点点头。虽然老师说他学习成绩优异，以后会有很好的前途，他还是听从了父亲的安排。他不想看到父亲成天为一大家人的柴米油盐愁眉不展。

跟着父亲做了两年的蜡烛，12岁这年，他来到哥哥在城里经营的小印刷所当学徒，学习排版。谁也想不到亲生哥哥会对他如此刻薄，为一点小事就责骂他甚至毒打他。有一天，他终于忍受不住了，就离开了那里。在那座城市，他虽然有一手不错的印刷技术，却找不到一份合适的工作——铁石心肠的哥哥早就通知了城里其他的印刷厂老板，让他们不要聘用他。

他只得流浪到另一个城市，谋求生路。

一个叫凯蒙的印刷铺子老板看中了他娴熟、精湛的技术，让他帮忙管理铺子，许诺会给他不错的薪金。尽管他早就对凯蒙压榨员工、阴险狡诈的名声有所耳闻，因为暂时找不到工作，只好答应下来。

很快，他就发现，在凯蒙的印刷铺子里，自己是唯一技术熟练的工人，其他的工人对印刷、排版、装订一窍不通，凯蒙给他们开出的工资非常低。他猜测凯蒙聘请自己，是想让自己把这些廉价雇佣来的工人训练成熟练工，然后再把自己赶走。不过他认为既然自己答应接受这份工作，就应该遵守承诺，恪尽职守。于是，他手把手地教会这些工人们印刷技术，甚至还把自己发明的制作字模的方法也传授给了他们。

起初，凯蒙对他以礼相待，非常客气。几个月后，随着铺子里其他工人掌握印刷技术越来越熟练，凯蒙的态度发生了转变，不是对他鸡蛋里挑骨头，就是无缘无故地克扣他的工资。

矛盾终于爆发了。一次，凯蒙当着众人的面，指着他的鼻子大骂蠢猪。他非常气愤，回敬道："只有蠢猪一样的老板，没有蠢猪一样的工人，你这样的人根本不配做老板。"正想找机会赶走他的凯蒙，极力挖苦他："上帝没有挽留你这个天才在这里工作，你可以像乌贼一样溜走。"

他早就看穿了凯蒙的心思，正好当着众人的面说个清楚："凯蒙，别绕弯子了，你请我来就是为了给你训练工人。现在他们都是熟练工了，你就可以赶我走了，我早就猜出你的心思了。不过，你放心，我做人向来讲求信用，不会因为你的卑鄙就教给他们错误的技术，将来你解雇他们的时候，他们凭借自己的手艺，很容易就能找到工作。"说完，他收拾行李就离开了凯蒙的铺子。

后来，他凭借自己精湛的印刷技术，独立经营了一个印刷所，印刷和发行《宾夕法尼亚报》，并出版了《可怜的李查历书》，当时被译成12种文字，畅销欧美各国。更重要的是，只读过两年书的他，一直勤奋地坚持自学，发现了雷电的秘密，参与起草了美国的《独立宣言》，成为18世纪美国著名的科学家、政治家。

他曾经说："诚实和勤勉，应该成为我们永久的伴侣。"这句话是他一生的真实写照。

他去世以后，人们按照他生前的要求，只在他的墓碑上刻了一行字：印刷工富兰克林。

司各特诚实守信

沃尔特·司各特是英国著名的小说家和诗人，被尊为英国历史小说的创始人。英国的狄更斯、斯蒂文森，法国的雨果、巴尔扎克、大仲马，俄国的普希金等著名作家都曾深受司各特的影响。

司各特生于苏格兰一个没落的贵族家庭，2岁时因患小儿麻痹症而跛脚，但他却以惊人的毅力学会了骑马、狩猎。1789年进入爱丁堡大学攻读法律，毕业之后做了8年律师、7年首席法官，1806年升任爱丁堡高等民事法庭庭长。他从19世纪初开始文学创作，先后出版了27部长篇历史小说。

1804年，司各特和一个朋友合资创办了一家出版印刷公司，由于不善经营、肆意挥霍，出版公司很快就出现了危机。司各特四处奔波，寻求帮助。他说："我应该同苏格兰告别了，就像老朋友也会各奔东西一样；我不愿意生活在一个人们原先尊敬我，而现在却鄙视我的地方。世界是辽阔的，虽然对我来说，苏格兰是最可亲的一个角落。可是我会偿清全部债务，直到最后一个便士，在这之前，我自己既不会躲藏起来，也不会隐瞒我的任何财产。"

1826年，司各特的公司最终倒闭，他本来可以宣布破产，轻松逃避所有债务。但是他却没有这样做，毅然走上沉重的还债之路。司各特倾家荡产，债台高筑，欠债高达12万英镑。这在当时几乎是一个天文数字。

司各特的朋友们商量着凑钱帮助他还债，司各特却说："不，凭我自己这双手就能还清债务。我可以失去任何东西，但是唯一不能失去的就是信用。"朋友们都非常佩服司各特的勇气，债主们也都夸司各特是一个真正的男子汉，是一个正直高尚的人。

当时，很多家报纸都报道了司各特的企业倒闭的消息，很多文章中充满了同情和遗憾，司各特将这些报纸扔进了火炉里。为了还清债务，司各特像狂奔的野马一样拼命写作，笔耕不辍。其写作速度之快，让法国著名作家巴尔扎克都为之惊叹。

有一次，一个债主看过司各特的小说后说："司各特先生，我知道您很讲信用，但是您更是一位才华横溢的作家，您应该把更多的时间花在写作上，因此我决定免除您的债务，您欠我的那一部分就不用还了。"司各特婉言拒绝："非常感谢您，但是我不能接受您的帮助，我不能做没有信用的人。"

司各特在日记本里写道："我从来没有想现在这样睡得这样踏实和安稳。我的债主对我说，他觉得我是一个诚实可靠的人，他说可以免掉我的债务，但是我不能接受。尽管我的前方是一条艰难而黑暗的道路，但却使我感到光荣，为了保全我的信誉，我可能会因为劳累而死去，但是我却死得光荣。"

他在病中经常自我鼓励："我欠别人的债还没有还清呢，我一定要好起来，等我赚了钱，还钱欠债，然后再光荣而安详地死去。"司各特怀着坚强的信念渐渐康复起来，继续拼命写作，终于还清了所有的债务。

不诚实和失业一样可怕

伟大的物理学家伽利略，是世界现代文明奠定基础的科学家之一。他有一句最著名的话："追求科学需要特殊的勇敢。"

但是，灾祸就是由此降临到他的头上。

当时比萨的大公有个私生子叫麦里奇，大公爱若掌上明珠，把他封为公爵。麦里奇不学无术，却又自视才高。有了地位，还想要学术上的名誉。他花费很多钱，制造了一部笨重机器，声称要用它去疏通勒格浑深港。

麦里奇为了扩大他这个发明创造的影响，特意把伽利略请去参观。

麦里奇很热情地接待伽利略，殷勤侍候，又邀请来一些名人陪同，并当着大家的面说了不少吹捧伽利略的话。他的目的很明显，就是希望伽利略对他的发明创造多多叫好，利用伽利略的声威抬高他自己的身价。

伽利略仔细地审视了这个庞然大物，反复测量了机器的尺寸，又根据浮力原理和有关重力的知识，当场细致地运算。最后，伽利略告诉麦里奇公爵，这部机器必然会在海水中下沉，不可能用它疏通深港。

伽利略如此坦诚说出自己的看法，这是麦里奇没有料到的。麦里奇只想到了伽利略会说一些真话，但麦里奇以为自己是公爵，伽利略多少会给点面子，确实没想到伽利略连半个模糊的字都不说。

如果麦里奇能听进伽利略的忠告，事情就会简单得多，但麦里奇不这么思考问题，麦里奇认为伽利略是在故意与他作对，丢他的面子。为了挽回自己的面子，麦里奇当场命令他的手下把机器拉到海边港湾中去试验。结果机器还没来得及开动，就沉到了海底。

聚集在海岸上围观的人们都哈哈大笑起来。这里的人比刚才又多了许多。麦里奇恼羞成怒，便把怒气全部发到了伽利略的身上。他认为如果伽利略肯为他说几句圆场的话，这一切都不会发生。

麦里奇跑到他父亲比萨大公那里去诬告伽利略，说伽利略"狂妄自大，目中无人"，为激起大公对伽利略的仇恨，又污蔑伽利略，说伽利略曾经说过比萨大公的坏话。

比萨大公轻信了儿子，对伽利略产生了恶感。

比萨大学一些教授，过去在学术研究上不诚实，受到过伽利略的指责，这些人一直为此耿耿于怀，听说比萨大公反感伽利略后，个个兴奋异常，觉得报复的机会终于到了。这些教授趁着这个"大好"时机，不择手段地利用一切机会攻击伽利略，又教唆一些头脑简单的学生，在伽利略上课时起哄捣乱。

伽利略无比愤慨，但他决不准备向不诚实的学风妥协，哪怕失去工作也不失去诚信的科学态度。他索性辞去了该大学的教授职务，离开比萨大学，回佛罗伦萨去了。这时，伽利略的父亲已得了重病。年迈的老人知道伽利略丢了工作，生活没有着落，心里很难过，病情日益加重，不久就去世了。

当时，伽利略的弟妹们都有没有工作，家里又无积蓄，作为一家之主的伽利略陷入了极度的悲痛和贫穷之中，相当长的一段日子里，他不得不靠借贷和帮人干点杂活来勉强维持生活。麦里奇听说了伽利略的艰难处境，捎来信说伽利略如果愿意写一篇为他叫好的文章，他可以帮助伽利略恢复在比萨大学的教授职位。

伽利略扔掉了信。他说："不诚实和失业一样，都是可怕的事。我已经有了一件可怕的事了，绝对不会再要另一件可怕的事发生。"

最珍贵的第六课

战争年代的重庆，一场特别的拍卖会正在进行。拍卖品装在一个密封的大箱子里，所有参加竞拍的人，都不能够看到它的真面目，只能碰运气。因为拍卖会方式特别，吸引了很多人来凑热闹。当时正在重庆的美国海军上尉莱得勒也挤在人群中。

两个小伙子抬出一只密封的大木箱。看样子箱子里的东西很沉，人们都猜测着箱子里究竟装着什么。"说不准都是石头，故意蒙人的！"有人小声嘀咕，谁都知道这家拍卖商一贯以搞恶作剧闻名。众人猜测、议论、犹豫时，喜欢冒险的莱得勒举起了报价牌："30 美元。"满场一片嘘声和口哨声，"这个冒失的家伙一定上大当了！""等着箱子打开的时候看好戏吧！"

打开箱子，里面竟然是两箱威士忌酒——要知道，在兵荒马乱的战争年代，这可是千金难求的稀罕物品啊！全场顿时轰动，当场就有人出价 30 美元想购买一瓶，但莱得勒笑着拒绝了："我马上要调离这儿了，这些酒要全部留着，为我的告别酒会而打开。"

美国著名作家海明威当时也在重庆，他听说了这件事情，酒瘾一下子被勾了出来。他找到莱得勒："嘿，我想向你买 6 瓶威士忌，你开个价吧，多少钱都行。"

莱得勒想了想，说："我一分钱都不要。"海明威以为莱得勒舍不得卖，正转身要走，莱得勒叫住了他："我的意思是酒给你，我不要钱。""什么？"海明威简直不敢相信自己的耳朵。"不过，我是有条件的。"莱得勒不慌不忙接着说道："6 瓶酒换你 6 堂课，你必须教我成为一个作家。怎样？"海明威笑了："这价钱可不低，要知道，我可是花了好多年工夫才干熟这一行的。好吧，成交！"

抱着6瓶酒，海明威乐滋滋地走了。接下来的5天，海明威非常守信用，每天都给莱得勒上一堂课。

第六天，海明威临时有事得提前离开这个城市。莱得勒驱车将海明威送到机场，心里一直惦记着没有上完的课。海明威似乎看穿了他的心思，拍拍他的肩膀："放心，我记着呢。现在我们就开始上课。"

飞机很快就要起飞了，海明威的声音几乎要淹没在飞机的轰鸣声中，但莱得勒听清楚了："一个好作家，首先应该是个有修养的人。记住，第一，要有同情心，第二，千万不要嘲笑不幸的人。""可这跟成为作家有什么关系？"莱得勒一脸不解。

海明威的表情忽然严肃起来，他一字一顿地说："这对你的人生十分重要。"说完，转身离去。望着海明威远去的背影，莱得勒轻轻摇了摇头，也许海明威只是为了敷衍这最后的一课吧。忽然，海明威转身冲他大喊："嘿，在你举办告别酒会之前，最好检查一下那些威士忌！祝你好运！"

一回到家，莱得勒迫不及待地打开那箱威士忌——在这之前，他一口也没舍得尝过。酒瓶子里装的居然是茶水！所有的都是如此！莱得勒抱着酒瓶，一屁股坐在地上，忽然明白了一切，其实海明威早就发现了真相，他却没有讥笑自己，而是信守承诺，每天给自己上课！

有一颗同情的心，并且要信守承诺——莱得勒永远也不会忘记海明威给自己上的第六课。

诚实，比一千棵樱桃树更珍贵

华盛顿是美国独立战争的领导人，为人正直、品德高尚，深受美国人民爱戴。为了纪念他的功绩，美国首都以他的名字命名。

华盛顿出生在大庄园主家庭，家中有许多果园，果园里长满了果树，但其中夹着一些杂树，这些杂树不结果实，而且长得很高，影响其他果树的生长。一天，华盛顿的父亲递给华盛顿一把斧头，要他把影响果树生长的杂树砍掉，而且他还再三叮嘱儿子，一定要注意安全，不要砍着自己的脚，也不要砍伤正在结果的果树。

在果园里，华盛顿挥动斧子，不停地砍伐杂树。突然，他一不留神，砍倒了一棵樱桃树。他害怕父亲知道了生气，就把所有砍断的树堆在一块儿，用杂树把樱桃树盖起来。傍晚，父亲来到果园，看到了樱桃树倒下时掉在地上的樱桃，就猜到是华盛顿不小心把果树砍断了。尽管父亲已经知道了这件事，但却装作不知道的样子，看着华盛顿堆起来的树说："你真能干，一个下午不但砍了那么多树，还把砍断的杂树堆在了一块儿。"

听了父亲的夸奖，华盛顿的脸一下子红了，他惭愧地对父亲说："爸爸，对不起，只怪我粗心，不小心砍倒了一棵樱桃树，我把树堆起来是为了不让您发现我砍断了樱桃树。我欺骗了您，请您责备我吧！"

父亲听了之后，哈哈大笑，高兴地说："你不愧是个诚实的孩子，对于你的诚实，爸爸感到十分欣慰。虽然你砍掉了樱桃树，应该受到批评，但是你没有说谎，我就原谅你了。你知道吗，我宁可损失掉一千棵樱桃树，也不愿意听到你说谎话！"华盛顿不解地问：

"诚实真的那么珍贵吗，能和一千棵樱桃树相比？"父亲耐心地说："诚实是一个人最起码的品德，只有一个诚实的人才能在社会上立足，才能取得别人的信任。看到你这样的诚实，我就放心了，以后把庄园交给你，你肯定会帮我经营好的。"

由于父亲的教导，华盛顿一生都把诚实作为做人的原则。这也是他受民众信任和欢迎的原因之一。

庞涓背信弃义

庞涓，战国时期魏国的将军。

庞涓曾与孙膑同在鬼谷子门下学习兵法。小有所成后，庞涓决定下山谋取功名，而孙膑仍自感不足，便继续留在山中学习。临别时，庞涓信誓旦旦："他日若赢得功名，必邀请孙膑下山共同纵横天下。"几年后，孙膑被魏王请下山辅佐大业，孙膑还以为是庞涓信守当年的承诺，但其实是魏王听了别人的介绍，才决定起用孙膑。

孙膑下山之后便去探望庞涓，并在他的府中住下。庞涓表面上表示欢迎，但心里既不安又不快，唯恐孙膑抢夺了自己独尊独霸的位置。又得知自己下山后，孙膑在先生教诲下，学问才能大有长进，内心更是嫉妒。

魏王想委以孙膑重任，便征求庞涓的意见。庞涓说道："孙膑初来，未曾立功，若给他大官怕众人不服，不如先给他个客卿的位置，等他立功之后再另行封赏。"魏王觉得有理，便先封孙膑做了客卿。客卿的官职看似很高，却无实权，只是一个类似参谋的角色。但庞涓深知在这个没有实权的位置上，孙膑迟早也会凭借自己的能力立下功劳，于是加紧了对他的谋害。

之后，由于孙膑和齐国的朋友通信，庞涓终于找到口实，他立刻向魏王告密，说孙膑暗通齐国，图谋不轨。魏王听后十分愤怒，便令人挖去孙膑的膝盖骨，又在他的面额上刺字，要让他终身残废，不能为人所用。而此时，庞涓却仍然假惺惺地让孙膑在家中养伤，让他误以为是自己在魏王面前求情才能够让他保住性命的。庞涓的目的是想骗孙膑说出鬼谷子传授给他的兵法秘籍，一旦孙膑将兵法讲出来，就将他处死。这时，庞涓府中的一个下人实在不忍看孙膑继续受欺骗，便把真相告诉了孙膑。

最终，孙膑用计逃出了魏国，前往齐国。在齐国，孙膑被待为上宾，最后终于找到机会智杀庞涓。庞涓背信弃义，谋害朋友，最终自食其果。

吕布无信被诛

吕布，字奉先，号称"飞将军"，三国时期著名的武将。

吕布虽武艺超群，能征善战，但因为其反复无常，见利忘义，被后人所唾弃。吕布原为丁原的义子，随丁原来到长安。丁原与董卓不和，双方在董卓家中翻脸，董卓欲立刻除掉丁原，但看见吕布持戟站在一边，便不敢发作。之后，双方在长安城下开战，吕布勇猛异常，连杀董卓几员大将，让董卓望"阵"兴叹。

董卓手下的谋士李肃前往招降。李肃夜探吕布，贿以重金，并将董卓的赤兔宝马赠与吕布，吕布十分高兴，当即决定反叛。后来吕布在营中亲手斩杀义父丁原，带领属下尽归董卓。之后吕布又拜董卓为义父，助纣为虐。董卓得吕布之后更加有恃无恐，在朝中大肆杀害忠良，并且擅自废立皇帝，自封为太师，朝中上下无人敢与他们对抗。

司徒王允见董卓与吕布皆是好色忘义之徒，便用计献上美女貂蝉挑拨二人的关系。很快，吕布就因为董卓抢占了貂蝉而心生怨恨，在王允继续挑拨离间之下，吕布与董卓决裂，最后杀死董卓。董卓死后天下大乱，吕布乘机霸占了徐州一带，开始与曹操交战，几年之后败得一塌糊涂，最终被曹操擒获。

吕布被绑着推上城楼去见曹操，他对曹操说："当今天下，唯有明公您和我有能力称霸一方。如果您饶了我，我便辅佐您成天下大事。"曹操听了之后犹豫不决。一方面吕布武功盖世无人能敌，确实能够帮自己平定天下；但又担心吕布日后会反叛，对自己不利，于是不能下定决心。正当曹操犹豫不决的时候，吕布看见刘备在曹操身边，想起自己当年曾经辕门射戟，阻止了袁术对刘备的征讨，也算是有恩于刘备，于是就求刘备出言相救。曹操问刘备："你觉得我是否该收留吕布呢？"刘备冷冷地说道："您忘记丁原与董卓的先例了吗？"曹操听后立刻诛杀了吕布。

吕布虽是一代名将，但是见利忘义，失信于天下，为人所不齿，最终导致了自己的覆灭。

周幽王失信亡国

褒姒是周幽王的宠妃。据历史记载，她很漂亮，但生性忧郁，不爱笑。周幽王常常绞尽脑汁、想方设法逗她高兴，可收效甚微，她就是不笑。当时周幽王为防止西夷犬戎等少数民族的入侵，建立了烽火报警制度，有敌情则点火报警，各诸侯国闻讯都要前来援助。

周幽王为逗褒姒笑，平安无事时竟然下令点起了烽火，不明就里的各国诸侯，立即派军前来支援，来了才知道没有敌情，只是一场恶作剧。看到各国诸侯被愚弄的狼狈样，褒姒终于开怀大笑起来，周幽王看到褒姒那样开心，心里也很高兴。

后来如法炮制了好几次，当然各国诸侯是回回上当，以至于大家看到烽火台上狼烟滚滚，都麻木不仁了。

终于有一次犬戎真的打过来了，周幽王匆忙点燃烽火，指望诸侯来救自己。但不幸的是，由于过去屡次被愚弄的经历，诸侯们不再相信周幽王了，所以各国也就没有派兵。周幽王被犬戎杀于骊山之下，褒姒也被犬戎抢走了。形势逼着继位的周平王东迁，西周也就随之灭亡了。